Karsten Rauchfuß

Ladehemmung

[OLDENBURG-KRIMI]

Karsten Rauchfuß

Ladehemmung

[OLDENBURG-KRIMI]

ISENSEE VERLAG
OLDENBURG

Die Handlung und sämtliche Figuren dieses Romans, die lebenden und die toten, sind reine Fiktion und existieren nur in der Fantasie des Autors.

Danksagung

Auf diesem Wege möchte ich mich bei Ingo, Frau A. Fiedler und T. Wohlleben (Autor von „Ausgerockt“) für ihr untrügliches Urteil bedanken.
Bei M. Weinel von Postscriptum für dessen Arbeit an dem Text und dem Team vom Isensee Verlag für die jahrelange unkomplizierte und freundliche Zusammenarbeit.

Bibliografische Information Der Deutschen Bibliothek

Die Deutsche Bibliothek verzeichnet diese Publikation in der Deutschen Nationalbibliografie; detaillierte bibliografische Daten sind im Internet über <http://dnb.ddb.de> abrufbar.

ISBN 978-3-89995-815-7

Gedruckt bei Isensee in Oldenburg

1.

Jan hatte eine unruhige Nacht. Das Kissen unter seinem Kopf war durchgeschwitzt. Ständig warf er sich im Bett herum und versuchte sich im Halbschlaf vergeblich von seinem Traum zu befreien, einem Traum, der ihn seit Wochen quälte.

Er sah den Pfarrer, der an seinem offenen Grab stand, die letzten Worte eines Bibeltextes mit gesenktem Kopf und würdevoller Stimme beendete, die Bibel schloss und Jans Chef, Herrn Schimmel, still zunickte, als Zeichen, dass er nun an der Reihe sei, ein paar tröstliche Worte zu den Trauernden zu sprechen.

Herr Schimmel räusperte sich kurz, bevor er zu sprechen begann.

„Wir sind heute zusammengekommen, um Abschied zu nehmen. Abschied von Jan Petersen, einem Kollegen, der wie kein anderer durch sein aufopferndes Engagement die Geschicke der Firma Schimmel Import & Export GmbH mitbestimmt hat.

Jan Petersen hat es in seinem unerbittlichen Einsatz für die Firma auf stattliche 273 Überstunden und 145 Resturlaubstage gebracht", fuhr Herr Schimmel mit Blick auf den Zettel fort, den er in den Händen hielt.

„Er war ein Mann, der nie nein sagte, für den der arbeitsfreie Sonntag nicht existierte. Sein Handeln wird für uns alle beispiellos bleiben."

Anerkennend rollte Schimmel das Papier zusammen, holte ein Stück rotes Band aus der Hosentasche, band es um die Papierrolle zu einer Schleife und ließ es ins Grab fallen.

„Jan Petersen, viel zu früh bist du von uns gegangen und hast eine Lücke in unsere Reihe gerissen, die so schnell niemand schließen kann."

Schimmel schaute zu seinen Füßen und hob einen Computer vom Boden auf.

„Fünfzig Jahre hast du an diesem Computer gesessen und dich geweigert, mit einem neuen Modell zu arbeiten. Keiner von uns konnte ahnen, dass er längst ein Teil von dir geworden war. Und so übergeben wir heute als Zeichen unserer Wertschätzung nicht nur die sterblichen Reste deines Körpers, sondern auch den Computer der Erde."

Mit einem dumpfen Knall landete der Computer, samt veraltetem Rechner, abgenutzter Tastatur und Maus, auf Jan Petersens Sargdeckel.

Jans Kollegen, fünf Frauen und zehn Männer, zuckten vor Scheck zusammen. Nur Monika, die stets die Finanzen der Firma im Auge behielt, fragte sich im Stillen, ob man bei eBay nicht doch noch ein paar Euro für den Rechner bekommen hätte.

Monikas Gedanken wurden abgelenkt, als vier der Kollegen mit großer Kraftanstrengung einen Bürostuhl aus schwarzem Granit zum Grab schleppten.

Herr Schimmel fuhr zärtlich über die Lehne des Stuhls, in dem Jans Sterbedaten eingemeißelt waren. Dann las er die Inschrift auf dem Sitz vor:

„Viel zu früh und unerwartet hat der Herzinfarkt dich von diesem Sitzplatz kippen lassen.

Vergeblich werden wir nach dir Ausschau halten.

Deine Kollegen."

Still reichte Herr Schimmel dem Pfarrer die Hand und begab sich zu seinen Mitarbeitern, die ihrerseits einzeln ans Grab traten und mit traurigen Mienen die Dinge ins Grab warfen, die der Verstorbene auf seinem Schreibtisch zurückgelassen hatte.

Nach und nach füllten Bleistifte, Anspitzer, Ablagen und Ordner das Grab.

Die Kollegen verabschiedeten sich mit einem letzten Blick ins Grab von Jan und liefen langsam auf den Friedhofsausgang zu. Nur Monika setzte sich unbemerkt von den Kollegen ab und wartete hinter einer knorrigen Eiche, bis der Letzte den Friedhof verlassen hatte. Dann lief sie zurück zum Grab, kletterte hinein und begann, die Bürosachen in Tragetaschen zu füllen.

In diesem Augenblick erwachte Jan in seinem Sarg und sah durch einen Spalt, den der Computer beim Aufprall in den Sargdeckel gerissen hatte, wie Monika hektisch die Büromaterialien einsammelte.

Immer wieder rief sie panisch: „Was für eine Verschwendung! Was für eine Verschwendung!"

„Was machst du da, das sind meine Grabbeigaben! Die waren teuer und die Hälfte davon habe ich aus meiner eigenen Tasche bezahlt!“, rief Jan wütend, doch Monika hörte ihn nicht.

Jan wollte gegen die Sargwand klopfen, um sie zu verjagen. Doch der Sarg war mit einer dicken, geräuschdämmenden Schicht Samt ausgekleidet. Wie ein Wilder zerrte er an dem Samt, der nicht nachgeben wollte.

Dann endlich, als er die Hoffnung schon aufgegeben hatte, zerriss der Stoff zwischen seinen Händen.

❖❖❖

Gegen sechs Uhr morgens schreckte Jan hoch, saß aufrecht im Bett und hielt in seinen verkrampften Händen den eingerissenen Bettbezug seiner Decke. Mit großen Augen starrte er auf das Fenster, durch das bereits der neue Tag schimmerte und ihm klarmachte, dass er in seinem Bett saß und nicht in einem Sarg lag.

„So kann das nicht weitergehen“, murmelte er vor sich hin und dachte dabei nicht nur an das vierte Paar Bettbezüge, das im Altkleidersack auf die Entsorgung wartete.

Jan quälte sich aus dem Bett und ging ins Bad unter die Dusche.

Vergeblich versuchte er die Bilder des Traumes abzuschütteln. Trotz des heißen Wassers, das an seinem Körper herunterrann, lief ihm ein kalter Schauer über den Rücken, wenn er daran dachte, dass es tatsächlich im Bereich des Möglichen lag, dass er eines Tages so enden könnte.

Er war vierzig Jahre alt, arbeitete seit zwanzig Jahren in der Firma Schimmel Import & Export und es sah nicht so aus, als würde sich daran in absehbarer Zeit etwas ändern.

Es sei denn … Jan schüttelte resigniert den Kopf. Er hatte oft daran gedacht, einfach alles hinzuschmeißen, doch was sollte er dann machen? Die Aussicht auf langes Ausschlafen und mehr Freizeit, um endlich abends ins Kino oder ins Theater gehen zu können, war verlockend – und wer weiß, vielleicht würde ihm dann sogar die Frau fürs Leben über den Weg laufen.

Jan stieg aus der Dusche und trocknete sich ab. Die Uhr

über dem Waschbecken mahnte ihn zur Eile, wenn er nicht zu spät zur Arbeit kommen wollte.

So gern er sich seinen Tagträumen von einem neuen Leben noch etwas hingegeben hätte, die Realität brachte ihn auch dieses Mal wieder auf den sicheren, widerstandsfreien Lebensweg zurück.

Eine Viertelstunde später verließ Jan im grauen Anzug seine Zwei- Raum-Wohnung im vierten Stock eines einfallslos gebauten, weißen Hochhauses. Er mied den Fahrstuhl, der so langsam lief und ächzte wie ein kettenrauchender Asthmatiker, und nahm die Treppe nach unten.

Als er den Lawaezweg hinter sich ließ und am Hauptpostamt links in die Bergstraße einbog, sah er wie jeden Morgen die Händler, die ihre Stände entlang der Straße aufzubauen begannen.

Jan ging schnell durch den Bahnhof Altona. Nach weiteren zehn Minuten steuerte er auf das Firmengebäude in der Erzberger Straße zu.

Das Gebäude war ein altes Hamburger Bürgerhaus aus grauem Sandstein. Die Büroräume lagen im ersten Stock.

Pünktlich um sieben Uhr betrat er wie immer das Großraumbüro und begab sich an seinen Tisch wie ein Schüler zu Unterrichtsbeginn.

In dem Raum gab es zwei Tischreihen mit je fünf Arbeitsplätzen mit Computern. Der Weg dazwischen führte geradewegs zu einem großen, verglasten Büroraum, von dem aus Herr Schimmel jederzeit einen genauen Überblick über die Aktivitäten seiner Mitarbeiter hatte.

Jan war der dritte, der an diesem Morgen im Büro auftauchte. Schimmel war auch schon da, das wusste Jan, auch wenn man durch das nach unten gezogene Rollo nicht in sein Büro schauen konnte. Jeder der Anwesenden spürte seine Präsenz.

Jan schaltete den Computer an. In seiner Ablage stapelten sich die unbearbeiteten Rechnungen und Aufträge der Firma. Bis zur Mittagspause würde er die Hälfte davon erledigt haben.

Zwei von Jans Kollegen unterhielten sich angeregt. Sicher erzählten sie sich, was sie am Wochenende so getrieben hatten.

Sein Chef hatte Jan vor dem Wochenende gefragt, ob er nicht bis Montag einen Vortrag ausarbeiten könne. Jan hatte nicht nein sagen wollen, und so war dieser Auftrag seine Wochenendbeschäftigung gewesen.

Ab und an schauten sie zu ihm herüber und grinsten. Jan grinste zurück, auch wenn er ahnte, dass sie über ihn sprachen. Sicher machten sie sich über ihn lustig. Und recht hatten sie. Wie langweilig und farblos musste er ihnen erscheinen. Hatte nie was zu erzählen, keine Familie, nicht mal eine Freundin, und bei Einladungen schob er immer die Arbeit vor. Vielleicht glaubten sie sogar, dass er auf eine Beförderung aus sei, weil er gegenüber dem Chef immer nachgab und jeden noch so kleinen Auftrag annahm.

Jan räusperte sich, drehte sich zum Computer um und öffnete einen persönlichen Ordner, den er heimlich angelegt hatte.

Wenn ich doch mutiger wäre, dachte er und überflog die Kündigung, die er vor ein paar Wochen einfach so geschrieben hatte. Anstatt endlich Nägel mit Köpfen zu machen, las er sie jeden Morgen, verbesserte sie und ließ das Rechtschreibprogramm durchlaufen.

„Moin, alle miteinander", begrüßte Monika, die Personalchefin, die Anwesenden und tippelte in kleinen Schritten auf ihren viel zu hohen Absätzen ins Büro hinein.

Jan hatte sich kurz umgedreht – er verpasste nie ihren morgendlichen Auftritt –, als er plötzlich den Drucker rattern hörte und wie gebannt auf den Bildschirm starrte.

Noch ehe er begriff, dass er aus Versehen die falsche Taste gedrückt hatte, war Monika an seinen Tisch getreten und griff nach dem Blatt, das aus dem Drucker kam.

„Na, Jan, wieder vor Arbeitsbeginn fleißig?" Ihr Lächeln erstarb auf den Lippen, als sie den Text auf dem Blatt überflog.

Mit großen Augen schaute sie Jan an, dann drehte sie sich zu den anderen Kollegen um, die nach und nach eingetroffen waren und hielt den Zettel in die Luft.

„Wenn das kein Knaller ist!", rief sie in den Raum.

„Geben Sie das her", flüsterte Jan und schnappte wie ein Ertrinkender vergeblich nach dem Blatt.

Monika entfernte sich von Jan und dachte nicht im Traum

daran, sich ihren Auftritt vermasseln zu lassen. Die Stimmen der Kollegen verstummten. Man hätte eine zu Boden fallende Büroklammer hören können. Monika hielt die Spannung noch einen Moment aufrecht. Erst kurz bevor sie für alle Anwesenden unerträglich wurde, verkündete sie mit feierlicher Stimme:

„Jan Petersen hat soeben seinen Job geschmissen. Ich halte hier seine Kündigung in der Hand!“

Jan durchlief es kalt und heiß. Am liebsten hätte er Monika die Papierschere in den Rücken gestoßen.

Wie gelähmt saß er auf seinem Stuhl, sah, wie die Kollegen erleichtert ausatmeten und ihn bewundernd anschauten, als wollten sie sagen: „Mensch, Alter, damit hätten wir jetzt nicht gerechnet!“

Als Monika auf das Büro des Chefs zusteuerte, wäre er am liebsten hinterhergerannt, doch irgendetwas ließ ihn sitzen bleiben. Eine innere Stimme forderte ihn auf, den Dingen ihren Lauf zu lassen.

Nach zehn Minuten ging das Rollo im Büro von Schimmel hoch und bot Jan einen ungehinderten Blick in dessen Raum.

Er sah, wie Schimmel seine Kündigung in den Händen hielt und Monika still zunickte.

Diese steckte kurz darauf den Kopf aus der Bürotür und rief: „Herr Petersen, bitte kommen Sie mal ins Büro!“ Sie selbst schloss hinter sich die Tür und begab sich zu ihrem Arbeitsplatz.

Jans Beine fühlten sich schwer an, als er aufstand und sich zu Schimmel auf den Weg machte. Es war ein bisschen wie der Gang zum Schafott. Verzweifelt dachte er darüber nach, wie er die Sache rückgängig machen konnte.

Dann stand er vor seinem Chef, der ihm den Platz vor dem Schreibtisch anbot, doch Jan lehnte ab.

„Ich stehe lieber“, sagte er kleinlaut.

„Nun, wie ich sehe, wollen Sie uns verlassen.“

„Herr Schimmel, ich …“

Sein Chef stoppte ihn mit erhobener Hand.

„Ich weiß, was Sie sagen wollen. So ein Schritt fällt keinem leicht. Aber ich denke, Sie haben sich die Sache gut überlegt.“

„Herr Schimmel, wenn ich …“

Sein Chef schüttelte den Kopf und klopfte ihm aufmunternd auf die Schulter. „Lassen Sie es gut sein. Als ich so alt war wie Sie, wollte ich auch noch viele Dinge ausprobieren."

Schimmel ging zu einem Bücherregal und holte eine Flasche Grappa und zwei Gläser hinter einem Aktenordner hervor.

„Ich hoffe, Sie trinken einen mit!"

Jan hätte sich lieber übergeben, anstatt dieses scharfe Zeug in sich hineinzuschütten. Warum zum Teufel unterbrach ihn sein Chef ständig und warum brachte er selbst nicht den Mut auf, ihm ebenfalls ins Wort zu fallen? *Ganz einfach,* dachte Jan: *Weil ich es noch nie gemacht habe.*

Schimmel setzte sich in seinen Sessel und schenkte ein. „Wissen Sie eigentlich, dass Sie mir mit dieser Kündigung eine große Last von der Seele genommen haben? Verstehen Sie mich nicht falsch, ich bin mir bewusst, dass ich mit Ihnen einen meiner besten Mitarbeiter verliere."

Mit dieser Reaktion hatte Jan nicht gerechnet. Bis jetzt hatte Schimmel mit keinem Wort versucht, ihn von der Kündigung abzubringen – und jetzt dieser Satz. Wenn es wirklich so wäre, warum kämpfte er dann nicht auf Knien darum, dass er seine Kündigung zurückzog? Und was sollte der ganze Quatsch mit der Last? Jan verstand kein Wort und schaute seinen Chef verständnislos an.

„Wissen Sie, Petersen, seit Monaten liegt mir mein Tennisfreund Erwin Klein damit in den Ohren, dass ich doch seinem Sohn unbedingt eine Stelle in meiner Firma besorgen soll. Auch wenn ich ihm immer wieder versichert habe, dass keine Stelle frei sei, hat er nie von diesem Thema abgelassen. Sie können sich nicht vorstellen, unter welchem Druck ich in den letzten Wochen Tennis gespielt habe. Anfangs ließ mich Erwin sogar absichtlich gewinnen, um mich milder zu stimmen. Denken Sie nur, ich habe ein Match noch nie in zwei Sätzen mit 6:0 gewonnen, doch als ich ihm eröffnete, dass es im Moment keinen Platz für seinen Sohn gibt, war das Spiel zwischen uns sehr angespannt. Sie glauben nicht, wie viele Angaben ich vermasselt habe."

Schimmel prostete Jan in ausgelassener Stimmung zu und trank sein Glas genüsslich leer.

„Ach, Petersen, und dann kommen Sie mit Ihrer Kündigung, als ich schon glaubte, dass ich mir eine neue Sportart und einen neuen Sportkollegen suchen müsste. Sie glauben nicht, was Sie mir für einen Dienst erweisen. Natürlich bekommen Sie Ihr Gehalt noch bis zum Ende der Kündigungsfrist."

Mit diesen Worten erhob sich Schimmel von seinem Platz und führte Jan zur Tür.

„Herr Schimmel, ich muss …", versuchte es Jan ein letztes Mal, doch sein Chef war mit den Gedanken längst woanders.

„Ach, was wird mein Tennisfreund für Augen machen, wenn ich ihm sage, dass sein Sohn schon bald hier anfangen kann. Endlich kann ich wieder entspannt Tennis spielen. Ich danke Ihnen, Petersen."

Noch ehe Jan die Tür hinter sich geschlossen hatte, hörte er seinen Chef am Telefon sagen: „Erwin, alter Freund, stell dir vor …"

❖❖❖

Jan hatte seine Sachen auf dem Schreibtisch nicht mehr zusammengepackt. Tapfer war er den Blicken seiner Kollegen ausgewichen. Auch wenn er es gewollt hätte, der dicke Kloß in seinem Hals hätte es verhindert.

Es war ein komisches Gefühl, das Firmengelände für immer zu verlassen. Er hatte die Ereignisse vom Morgen noch nicht ganz verdaut, alles kam ihm so unwirklich vor. Doch je öfter er sich einzureden versuchte, dass er jetzt ein freier Mann mit allen Möglichkeiten sei, desto leichter fühlte er sich.

Über finanzielle Dinge brauchte er sich erst mal noch nicht zu sorgen. Die nächsten drei Monate bekam er noch sein Geld, und er hatte in all den Jahren auch einiges zurückgelegt.

Jan warf einem Bettler am Straßenrand einen Zwanziger in die Schachtel und ging in der Gewissheit nach Hause, dass für ihn etwas Neues begann. Auch wenn er noch nicht wusste, was auf ihn zukommen würde.

❖❖❖

Zu Hause angekommen, leerte er den Inhalt des Briefkastens, der größtenteils aus Rechnungen und Werbepost bestand. Für den Weg nach oben nahm er den Fahrstuhl. Er hatte jetzt alle Zeit der Welt.

Als er vor der Haustür stand, spielte er einen Augenblick mit dem Gedanken, seine Nachbarin von gegenüber zu einem Kaffee einzuladen. Er hatte nie die Zeit gefunden, sich bei ihr zu bedanken, dass sie ihm mehr als einmal mit fehlendem Zucker, Brot und anderen Dingen ausgeholfen hatte. Doch dann fiel ihm ein, dass die rüstige alte Dame, die weit über siebzig sein musste und seit vielen Jahren allein mit ihrem Kanarienvogel lebte, begonnen hatte, tagsüber mit leichten Putzarbeiten ihre magere Rente aufzubessern. Sie war also nicht zu Hause.

Jan ging in seine Wohnung, schmiss die Zeitungen auf den Stubentisch und begann, sich in der Küche einen Cappuccino zu machen. Er wollte sich auf dem kleinen, schmalen Balkon erstmals das geschäftige Treiben in den Straßen von oben anschauen.

Er trug mit der einen Hand seinen Cappuccino, und als er mit der anderen Hand auf die Klinke der Balkontür drückte, sah er, dass das rote Blinklicht an seinem Anrufbeantworter leuchtete.

Jans Herz machte einen kurzen Sprung. Eine vage Hoffnung machte sich in ihm breit.

Hatte Schimmel noch einmal über seine Kündigung nachgedacht? Hatte er seinen Kumpel Erwin in den Wind geschossen, weil er begriff, dass ein treuer Mitarbeiter mehr wert war?

Jan drückte auf den Knopf, und als er eine fremde Frauenstimme vernahm, verpuffte seine irrwitzige Hoffnung wie eine Seifenblase.

„Moin Herr Petersen, hier ist das Büro der Anwaltskanzlei Willers. Ich möchte Sie bitten, sich so schnell wie möglich, in einer dringenden Angelegenheit mit uns in Verbindung zu setzen. Unsere Bürozeiten sind …“

Jan hatte der Frauenstimme zugehört und musste am Ende feststellen, dass er so schlau wie am Anfang war. Er kannte keine Anwaltskanzlei Willers. Und worum es sich bei dieser dringenden Angelegenheit handelte, hatte die Frau ihm auch nicht verraten.

Seine ehemalige Firma arbeitete seines Wissens nach nicht

mit dieser Kanzlei zusammen. Er hatte beim Weggehen weder die Einrichtung zerstört noch hatte er Monika als neugierige, selbstsüchtige Pute beschimpft. Er hatte es sich sogar verkniffen, seinen Chef als einen selbstgefälligen, egozentrischen Mistkerl zu bezeichnen. Von dieser Seite drohte ihm also keine Klage. Doch was dann?

Jan drückte auf die Wahlwiederholungstaste. Nachdem er mit der Büroangestellten ein kurzes Gespräch geführt hatte, hatte er einen Termin mit der Anwaltskanzlei Willers. Er musste in einer halben Stunde in der Lornsenstraße sein, die zehn Minuten zu Fuß von seiner Wohnung entfernt lag. Worum es ging, wusste er allerdings immer noch nicht.

❖❖❖

Eine Stunde später stand Jan im Vorraum der Anwaltskanzlei Willers, die Arme auf der glatt polierten Oberfläche des Empfangstresens gestützt, und beobachtete die Sekretärin dabei, wie sie mit dem Zeigefinger im Terminkalender hoch und runter fuhr. Jan konnte sich nicht vorstellen, dass sie das kürzlich geführte Telefonat vergessen hatte, es war wohl eher so, dass die provisorische Überprüfung einen geschäftigen Eindruck vermitteln sollte, im besten Fall den Eindruck, man gehörte zur auserwählten Elite, die die Ehre hatte, mit dem Anwalt höchstpersönlich verabredet zu sein.

Wenig später drückte sie auf den Knopf einer Sprechanlage neben dem Telefon.

„Herr Petersen wäre dann da."

Auf dem schmalen lang gezogenen Flur ging eine der vier Türen auf und ein älterer Mann im schwarzen Anzug trat einen Schritt aus dem Raum. Er winkte Jan mit einem freundlichen Lächeln zu sich.

„Herr Petersen, wenn ich Sie bitten dürfte …"

Der Raum, in den Jan dem Anwalt folgte, unterschied sich in nichts von den Arbeitsräumen der Anwälte, die er schon unzählige Male in Fernsehserien gesehen hatte.

Ein schwerer, reich verzierter Schreibtisch aus Eiche thronte in der Mitte des Raumes. Die rechte Seite des Raumes nahm ein riesiges Bücherregal ein.

Der Anwalt bat ihn, in dem schwarzen Ledersessel vor dem Schreibtisch Platz zu nehmen.

Jan sank in den weichen Sessel und beobachtete Herrn Willers, der sich seine Brille auf der Nase zurechtrückte und sich setzte.

Er holte einen braunen Umschlag aus einem Stapel hervor und schaute Jan an.

„Wie Ihnen meine Sekretärin am Telefon sicher schon mitgeteilt hat, geht es um das Testament Ihres Vaters, Werner Petersen."

„Was sagen Sie da?"

Willers wirkte verunsichert. „Ich dachte, Sie wüssten den Grund des heutigen Termins?"

Jan schüttelte den Kopf und schwieg.

Der Anwalt nickte, ersparte sich eine weitere Erklärung, die nur einer Rechtfertigung gleichgekommen wäre, und begann, den Umschlag vor sich mit einem Brieföffner aufzureißen.

„Wann ist er denn gestorben?", wollte Jan wissen.

„Vor zwei Wochen. Die Beerdigung fand vor drei Tagen statt und ich hatte die Anweisung, mich mit Ihnen erst danach in Verbindung zu setzen."

Jan nickte und sah sein Gegenüber abwartend an.

Während der Anwalt den Letzten Willen seines Vaters vorlas, schwirrten die Gedanken unkontrolliert in seinem Kopf herum.

Seit über zwanzig Jahren hatte er nichts mehr von seinem Vater gehört. Einzig die Kindheits- und Jugenderinnerungen waren irgendwo tief in seinem Gehirn gespeichert geblieben. Und jetzt auf einmal meldete er sich in Form seines Letzten Willens wieder bei ihm. Ein Toter, mit einer letzten Botschaft, auf die Jan gerne verzichtet hätte.

Die Worte des Anwalts drangen gedämpft zu ihm, als würde er sich einen dicken Wattebausch vor den Mund halten.

Am Ende beugte er sich zu Jan und reichte ihm einen kleinen Umschlag.

„Hier ist noch ein Brief, Ihr Name steht drauf."

Jan nahm ihn und drehte ihn umständlich in den Händen, als wüsste er nicht so recht, was er mit ihm anfangen sollte.

Herr Willers erhob sich.

„Ich lasse Sie jetzt mal einen Augenblick allein“, sagte er und verließ das Zimmer.

Jan öffnete den Brief und las die wenigen Zeilen.

Lieber Jan (oder sollte ich besser nur Hallo sagen?),

es tut mir leid, dass Du diese Zeilen lesen wirst, während ich längst in meinem Grab auf dem Friedhof an der Auferstehungskirche in Oldenburg liege.

Ich habe mich in all den Jahren nicht gemeldet, und ich glaubte bis zum Schluss, es war richtig so.

Du hast Dein Leben gemeistert, davon bin ich fest überzeugt. Mein Leben war auch gut, auch wenn Du mit manchen Dingen nicht einverstanden gewesen wärst.

Nimm das Haus in der Osterstraße in Oldenburg an, es ist Dein Erbe. Mach damit, was Du willst. Ich denke, Du wirst es verkaufen, weil Du Dich in Hamburg längst eingerichtet hast.

Dein Vater

Jan faltete den Brief zusammen und lehnte sich in dem Sessel zurück.

Die wenigen Zeilen waren typisch für ihn. Mit ein paar Worten hatte er sich von ihm verabschiedet und geglaubt, alles richtig gemacht zu haben. Sicher war es auch so.

Jan musste an den Tag denken, an dem er achtzehn Jahre alt geworden war.

Sein Vater war von der Arbeit gekommen, hatte ihm freudestrahlend ein Stellenangebot von der Firma Schimmel Import & Export über den Küchentisch geschoben und ihn gedrängt, sich darauf zu bewerben. Er habe vorab schon mit dem Chef gesprochen, der ihm gute Chancen eingeräumt hätte.

Noch ehe Jan etwas sagen konnte, hatte sein Vater ihn aufgefordert, mit ihm zu kommen. Jan ließ sich gegen seinen Willen von der kindlichen Euphorie des Vaters mitreißen, auch wenn er sich gewünscht hätte, er hätte ihn einmal nach seinen eigenen Plänen gefragt. Aber genau mit dieser kindlichen Sicht der Dinge hatte sein Vater es geschafft, ihn nach dem frühen Tod seiner Mutter großzuziehen. Jan hatte eine schöne, sorglose Kindheit gehabt. Doch mit dem Tag seiner Volljährigkeit war sein Vater davon überzeugt gewesen, dass es an der Zeit war, ihn gehen zu lassen.

Am Abend seines Geburtstages hatte ihn sein Vater zu einem Haus im Lawaezweg gefahren, hatte sich mit ihm in den vierten Stock begeben und ihm feierlich die Schlüssel der Wohnung überreicht, die er fertig für ihn eingerichtet hatte.

„Das ist jetzt dein Reich, und ab heute trennen sich unsere Wege."

Jan hatte nicht gleich verstanden, was sein Vater damit meinte. Erst am nächsten Tag, nachdem er die erste Nacht in seiner neuen Wohnung verbracht hatte und gegen Mittag zur alten Wohnung zurückfuhr, wurde ihm die Tragweite dieser Worte bewusst.

Eine jahrelange Nachbarin hatte ihm erklärt, dass sein Vater über Nacht ausgezogen sei und ein Möbelwagen die ganze Einrichtung abgeholt habe. Nun wusste Jan, dass er mit allen Konsequenzen allein auf eigenen Beinen stand. Sein Vater war verschwunden – er hatte seine Schuldigkeit getan.

Jan schreckte zusammen. Er hatte nicht bemerkt, dass der Anwalt wieder ins Zimmer gekommen war.

Jetzt stand er neben ihm am Sessel und reichte ihm einen Schlüsselbund.

„Die sind für das Haus Ihres Vaters. Er hat sie hier deponieren lassen."

Jan griff danach, als wäre es ein Teil seines Vaters, der letzte greifbare Teil eines Vaters, der sich vor so langer Zeit über Nacht aus seinem Leben geschlichen hatte. Jan erhob sich und nickte Herrn Willers zu.

„Es wird Zeit zu gehen", sagte Jan und reichte dem Anwalt die Hand.

„Wenn ich noch etwas für Sie tun kann …?"

„Alles bestens", log Jan, darauf bedacht, nicht zu zeigen, wie verwirrt er war.

❖❖❖

Jan saß auf dem Balkon seiner Wohnung und schaute über die Brüstung, doch er sah nichts. Seit Stunden hatte er sich in einem Gedankennetz verstrickt, aus dem er nicht mehr herauszukommen schien.

Er hatte Jahre gebraucht, um die Wut und Enttäuschung auf seinen Vater zu mildern. Der hatte sich aus seinem Leben davongemacht, und Jan hatte es persönlich genommen. Lange Zeit war sein Selbstwertgefühl angekratzt gewesen. Er konnte nicht verstehen, warum sein Vater ihn so einfach zurückgelassen hatte. Er hatte ihm die Wohnung und das Jobangebot vermittelt, wie man einem kleinen Kind Spielsachen gibt, um es ruhigzustellen.

Erst viel später hatte er die Entscheidung seines Vaters akzeptiert. Auch er war ein Mensch, der ein Recht auf sein eigenes Leben hatte, der selbst entscheiden sollte, wie er sich sein Leben gestaltete. Mit dieser Überlegung war es Jan leichter gefallen, seinem Vater zu vergeben und seinen Entschluss zu verstehen.

Nur eines verwirrte ihn. Wenn sein Vater so viel Wert auf die eigene Freiheit gelegt hatte, warum hatte er nicht bis zum Schluss die Größe besessen, aus seinem Leben fernzubleiben?

Jan stand auf. Der Wind hatte aufgefrischt. Er beschloss, hineinzugehen.

Im Schlafzimmer wartete ein halb gepackter Koffer auf ihn. Auf dem Küchentisch hatte er einen Stadtplan von Oldenburg ausgebreitet und den Weg in die Osterstraße mit einem roten Filzstift markiert. Jetzt faltete er den Stadtplan zusammen, ging ins Schlafzimmer und legte ihn neben den Koffer.

Jan hatte lange überlegt, ob er das Erbe ausschlagen sollte. Doch dann waren ihm aus ganz pragmatischen Gründen Zweifel gekommen. Seit ein paar Stunden war er arbeitslos. Auch wenn er seine erlangte Freiheit zu genießen begann, hatte auch sie ihren Preis. Das Erbe würde ihm die nötige Unabhängigkeit gewährleisten. Doch was genauso wichtig war: Er hatte es zwar geschafft, in all den Jahren die Arbeit vor die Erinnerungen an seinen Vater zu schieben, doch mit dem heutigen Tag war das nicht mehr möglich. Wenn er endlich mit alldem, was seinen Vater betraf, abschließen wollte, musste er sich ein letztes Mal den Dingen stellen, die mit ihm zu tun hatten. Das Haus in der Osterstraße in Oldenburg gehörte dazu.

❖❖❖

Torsten Hammerstein brauchte einen Moment, um sich zurechtzufinden. Er war am Schreibtisch eingeschlafen. Jetzt hob er den Kopf und fühlte den Schmerz in seiner verspannten Schulter.

Gähnend schaute er sich um, und allmählich erwachten seine Lebensgeister.

Mit der Maus in der Hand holte er den Laptop aus dem Ruhezustand und schaute neugierig auf den Bildschirm. Doch die Sätze einer angefangenen Geschichte, die ihm gestern Nacht so brillant erschienen waren, verloren im gleißenden Tageslicht ihre Substanz.

Torsten betätigte die Löschtaste und musste sich eingestehen, dass er seit zwei Wochen nichts Vernünftiges zustande gebracht hatte.

Überall um ihn herum lagen zerknüllte Papierkugeln, vergebliche Versuche von Liebesgeschichten für Illustrierte. Ab und an versuchte er sich daran, denn es war für ihn die einzige Möglichkeit, Geld zu verdienen. Immer wieder verschob die Notwendigkeit, von etwas leben zu müssen, den großen Traum vom Bestseller.

„Ich schaff das schon noch. Und vielleicht arbeite ich, wenn du in sechs Monaten zurückkommst, bereits an meinem Bestseller“, grinste Torsten seine Freundin Jana an, die als Foto vor ihm auf dem Tisch stand und ihm übermütig die Zunge rausstreckte.

Als er das Bild vor sich so sehnsüchtig anschaute, türmten sich die fünf Monate und zwei Wochen, die sie getrennt sein würden, wie ein unüberwindbares Gebirge vor ihm auf. Vielleicht lag es aber auch daran, dass sie sich erst einen Monat kannten, als Janas Logistik-Firma beschloss, sie zu einem Projekt in die USA zu schicken. Jana hatte keinen Moment darüber nachgedacht abzusagen, und Torsten wollte ihrer Karriere nicht im Weg stehen. Ganz im Gegenteil, während er ihre Geradlinigkeit schätzte, liebte sie an ihm seine unkonventionelle Lebenseinstellung. Sie glaubte fest daran, dass er eines Tages ein Star am Literaturhimmel werden würde.

Torsten grinste.

„Eines Tages werde ich es allen beweisen!“

Zärtlich und voller Zuversicht nahm er Janas Bild in die

Hand und drückte ihr einen dicken Kuss auf den papiernen Mund.

Als es plötzlich an der Tür klingelte, hätte Torsten vor Schreck fast Janas Bild fallen lassen. Er fragte sich, wer so früh am Morgen etwas von ihm wollte.

Als Torsten nach dem zweiten Klingeln die Wohnungstür öffnete, staunte er nicht schlecht, als er Janas Vater gegenüberstand. An dessen Gesichtsausdruck konnte er erkennen, dass er nicht gekommen war, um Torsten einen Freundschaftsbesuch abzustatten, weil er seine Tochter vermisste.

„Oh, tut mir leid, wenn ich den Herrn aus seinem Schlaf gerissen habe, aber ein Großteil der arbeitenden Bevölkerung wäre jetzt auch längst am Geldverdienen", begrüßte er Torsten und schob sich an ihm vorbei.

„Was wollen Sie?", fragte Torsten.

„Ich bin gekommen, um hier endlich einiges klarzustellen. Zum Beispiel die Tatsache, dass Sie genau eine Stunde Zeit haben, die Wohnung meiner Tochter zu verlassen! Ich dulde es nicht länger, dass Sie meine Tochter weiter ausnutzen."

Janas Vater ging durch die Zimmer, als suche er etwas. Dann sah Torsten, dass er mit dem Handy Bilder von den Gegenständen in den Räumen machte. Er zog sogar Schubläden auf und öffnete die Schränke, um deren Inhalt per Foto festzuhalten.

„Was soll das denn? Wieso schnüffeln Sie hier herum?"

„Ich bezweifle, dass Ihnen hier irgendetwas von Wert gehört und ich möchte nur sichergehen, dass Sie nichts von meiner Tochter mitnehmen."

„Ihre Tochter hat einen Namen, sie heißt Jana. Sie sprechen von ihr wie von einem Ding!", sagte Torsten.

„Junger Mann, halten Sie sich zurück. Sie glauben doch wohl nicht, dass sie das Recht haben, mich zu belehren?"

Er hob angeekelt eine von Torstens Papierkugeln vom Boden auf und betrachtete sie, als hielte er einen durchgekauten, alten, klebrigen Kaugummi zwischen den Fingern. „Ist das Ihr neuestes Werk, mit dem Sie vorhaben, eines Tages meine Tochter zu ernähren?"

Er ließ das Papierknäuel achtlos fallen und ging in die Küche. Wie zur Untermalung öffnete er in der Küche den Kühlschrank und präsentierte dessen mageren Inhalt, der aus einem Stück Butter, einer halbverschrumpelten Salatgurke und sechs Joghurtbechern bestand.

„Wie Sie sehen, können Sie nicht einmal für sich selbst sorgen."

„Das geht Sie einen Scheiß an!", schimpfte Torsten. Mühevoll unterdrückte er den Impuls, dem alten Mann an die Gurgel zu gehen. Torsten war mit Anfang dreißig kräftig, und bereit, seine Beziehung mit Jana zu verteidigen. Wenn sie in diesem Moment bei ihm gewesen wäre, hätte sie ihren Vater achtkantig aus der Wohnung geschmissen.

„Nein, da haben Sie recht. Ihr Leben geht mich nichts an. Aber das Leben meiner Tochter schon, und ich werde nicht zusehen, wie sie ihr Leben an einen Versager wie Sie vergeudet."

Torsten holte tief Luft. Er wusste nicht, wie lange er sich die Demütigungen noch gefallen lassen würde, ohne dagegen anzugehen.

„Sie sollten jetzt besser gehen, bevor ich mich vergesse!", drohte Torsten.

Janas Vater lachte laut auf. „Ich bin zu alt, um mich von ihrem pubertären Gehabe einschüchtern zu lassen. Sie können mich nicht aus einer Wohnung werfen, deren Miete ich bezahle. Besser gesagt, bezahlt habe, denn die Wohnung ist ab morgen vermietet."

„Das können Sie nicht machen. Jana kommt in knapp sechs Monaten wieder."

Torsten spürte, wie ihm die Felle davonschwammen. Janas Vater hatte alles bis ins kleinste Detail geplant. Torsten hatte schon jetzt alles bis auf Jana verloren und, um die wollte er kämpfen.

„Sie glauben doch nicht, dass Sie bei Jana mit dieser Aktion Sympathiepunkte sammeln können. Sie wird kein Wort mehr mit Ihnen sprechen, wenn sie hiervon erfährt."

„Ich dachte, Sie kennen und lieben meine Tochter? Dann wüssten Sie, dass sie nicht so naiv ist, den Rest ihres Lebens mit Ihnen zu verbringen."

Janas Vater setzte sich an den Küchentisch und schaute auf das dreckige Geschirr, das Torsten noch nicht abgewaschen hatte.

„Torsten, nun seien Sie doch vernünftig!"

Torsten horchte auf. Er hatte ihn noch nie beim Vornamen genannt. Änderte er jetzt seine Strategie?

„Was glauben Sie, wird passieren, wenn meine Tochter in sechs Monaten zurückkommt? Sie hat sich in kürzester Zeit nach oben gearbeitet, die Geschäftsleitung hat sie nach Amerika geschickt. Sie wird sich dort weiterbilden, neue Gedanken und Erfahrungen sammeln, andere Menschen kennenlernen. Und was wird sein, wenn sie wirklich zurückkommt, was ich nicht glaube? Sie wird Sie antreffen. Meine Tochter wird ein Stück von dem Leben mitbekommen, das sie vor langer Zeit hinter sich gelassen hat. Und Sie ...? Sie werden noch immer von Ihrem Roman träumen, von einer Karriere als bejubelter Literaturstar. Sie wird mit Ihnen nichts mehr anzufangen wissen, weil Sie sich nicht mit ihr zusammen weiterentwickelt haben."

Janas Vater stand auf, ersparte sich einen weiteren verbalen Angriff gegen Torsten und ging zur Tür. Dann drehte er sich noch einmal um und sah ihm fest in die Augen.

„Ich weiß, dass Sie mich jetzt am liebsten zusammenschlagen würden, doch eines Tages werden Sie vielleicht erkennen, dass ich Ihnen heute einen Gefallen getan habe. Also, in einer Stunde sind Sie aus dieser Wohnung verschwunden. Es wäre besser, Sie hielten sich daran." Janas Vater verließ ohne ein weiteres Wort die Wohnung und zog die Tür leise hinter sich ins Schloss.

Torsten holte tief Luft. Sein Herz raste. Die Wut in seinem Inneren kochte. Er ging zum Computer und öffnete sein Mail-Programm. Schnell schrieb er Jana einen Bericht über das Zusammentreffen mit ihrem Vater. Seine Finger flogen über die Tastatur. Er beeilte sich, um keines seiner Wörter zu vergessen. Nach einer Viertelstunde war er fertig und verschickte die Mail.

Torsten starrte auf den Bildschirm, auch wenn es unwahrscheinlich war, dass Jana seine Mail schon gelesen hatte. Doch kurz darauf traf bereits eine Antwort ein. Die Antwort war auf Englisch. Auch wenn er nicht gut darin war, den Sinn der Nachricht verstand er sofort:

Der Empfänger ist unter dieser Mail-Adresse nicht mehr erreichbar!

❖❖❖

Zwei Stunden nachdem Janas Vater verschwunden war, hatte Torsten seine wenigen Sachen in eine große Sporttasche gepackt und die Wohnung verlassen. In den folgenden Stunden bummelte er durch die Gassen der Oldenburger Innenstadt und besuchte verschiedene Cafés am Marktplatz und in der Wallstraße. Kurz vor Mitternacht wurde ihm erst bewusst, dass er für die Nacht keine Bleibe hatte.

Wenn ihm tagsüber die Sonne unbekümmert vom Himmel gelacht und ihm die trüben Gedanken verjagt hatte, so zogen nun dicke schwere Regenwolken am Himmel entlang.

Der Regen verwandelte die Straßen, auf denen er ziellos entlangging, in glänzende Spiegelflächen, durch die sich das Licht der Straßenlaternen brach. Torsten ließ den Pferdemarkt hinter sich und steuerte auf die Nadorster Straße zu.

Die Sporttasche, die anfangs lässig über seine Schulter hing, schien mit jedem Schritt schwerer zu werden. Seine Füße taten ihm weh, und seine Stimmung näherte sich dem Gefrierpunkt. Wenn er ehrlich war, so hatte er erst jetzt begriffen, dass er keine wirklichen Freunde hatte. Ihm fiel niemand ein, bei dem er mitten in der Nacht anrufen könnte, um nach einer Übernachtungsmöglichkeit zu fragen.

Janas Freundeskreis hatte er von Anfang an ausgeklammert. Er hatte keine Lust, sich ihnen gegenüber eingestehen zu müssen, dass Janas Vater ihn vor die Tür gesetzt hatte.

Torsten ging an längst geschlossenen Geschäften vorbei. Ab und an durchbrach das Aufheulen eines Motors die nächtliche Stille.

Plötzlich kam Torsten eine Idee, ein Gedanke, der nur aus der Angst wuchs, heute Nacht auf irgendeiner Bank an der Bushaltestelle übernachten zu müssen.

Er nahm sich vor, einfach der Straße zu folgen und nach einhundert Schritten, genau an der Haustür zu klingeln, an der er sich dann befand. Die Idee beschleunigte seinen Gang.

Nach hundert Schritten blieb er stehen. Er befand sich an einer Tankstelle, an der gerade die Lichter gelöscht wurden. Dann eben nach den nächsten hundert Metern, sprach er sich leise Mut zu und startete seinen zweiten Versuch.

Nach weiteren hundert Schritten stand er vor einem grauen Haus, in dem sich eine Gaststätte befand. Torsten ging auf die Tür zu und betätigte eine Klingel, an der das Namensschild fehlte.

❖❖❖

Seit dreißig Jahren besaß Rosi das ‚Bierfass' an der Nadorster Straße, und seit dreißig Jahren war der Montag der Tag, an dem sie ein volles Haus hatte. Vor einer halben Stunde hatte sie die letzte Runde eingeläutet und vor einer Viertelstunde hinter dem letzten Gast die Tür abgeschlossen.

Rosi spülte die letzten Gläser, wischte den Tresen ab und schaute dabei auf die Uhr über der Tür.

Es war kurz vor ein Uhr, Zeit ins Bett zu gehen.

Sie ließ ihren Blick ein letztes Mal über die sechs Tische schweifen, die sich im kleinen Gastraum verteilten. Die Kerzen waren ausgewechselt und auf den Tischen lagen frisch gebügelte Decken.

Zufrieden schaltete sie das Thekenlicht aus und ging in die Küche. Rosi zog die Stecker aus den Dosen. Als sie die Stellung der Schalter am Herd überprüfte, klingelte es an der Tür.

Rosi schrak zusammen. Sie konnte sich nicht erinnern, wann zum letzten Mal jemand die Klingel draußen neben der Eingangstür benutzt hatte.

Sogar die Lieferanten klingelten nicht, wagten es nicht, ihre Ware außerhalb der Öffnungszeiten bei ihr abzuladen.

Rosi ging zurück in die Gaststube, schlich sich im Dunklen ans Fenster neben der Eingangstür und schob vorsichtig die Gardine zur Seite.

❖❖❖

Torsten drückte erneut auf die Klingel, glaubte jedoch nicht, dass ihm jemand öffnen würde. Doch dann ging ein Licht hinter den Gardinen an und Torsten schöpfte neue Hoffnung.

Die Frau, die ihm kurz darauf öffnete, war klein und ebenso kompakt gebaut, hatte blond gefärbtes Haar und schaute ihn mit klaren blauen Augen an.

Torsten hatte sich keine aufregende Geschichte ausgedacht, um an sein Ziel zu kommen. Er wollte es darauf ankommen lassen – die Wahrheit musste genügen.

„Guten Abend, mein Name ist Torsten, Torsten Hammerstein. Ich wurde heute vom Vater meiner Freundin aus unserer gemeinsamen Wohnung geschmissen, weil er glaubt, dass ich nicht die beste Wahl für seine Tochter bin. Außerdem habe ich keine Freunde, die ich um Hilfe bitten könnte."

Torsten hob resigniert die Schultern.

„Da ich keine Lust habe, heute Nacht unter einer Brücke zu schlafen, obwohl das wohl eine nützliche Erfahrung für einen Schriftsteller sein kann, habe ich es vorgezogen, bei Ihnen zu klingeln, um zu fragen …"

„Ich bin Rosi, komm rein, mir wird kalt!", unterbrach die Frau ihn.

Torsten ließ sich nicht zweimal bitten und trat ein.

Er sah auf der gegenüberliegenden Seite eine kurze Theke mit vier Barhockern davor. In dem Regal dahinter reihten sich verschiedene Flaschen aneinander. Die weißen Tischdecken auf den sechs Tischen verströmten eine angenehme Sauberkeit.

Rosi musterte ihn. Bei aller Offenheit war es eigentlich nicht ihre Art, einen Fremden mitten in der Nacht hineinzulassen. Aber Torsten machte einen vernünftigen Eindruck auf sie.

„Hast du Hunger?", fragte sie.

Torsten nickte.

„Gut, wäre dir Kartoffelsalat und ein in der Mikrowelle aufgewärmtes Schnitzel recht?"

„Wäre prima", gestand er ihr und beobachtete sie, wie sie in der Küche verschwand.

Torsten nahm an einem der Tische Platz, darauf bedacht, die Tischdecke nicht zu verrutschen.

„Ich hoffe, ich mache Ihnen keine Umstände!", rief er ihr in die Küche hinterher.

„Natürlich machst du mir Umstände! Es ist nach ein Uhr und ich hätte seit zwanzig Minuten im Bett liegen müssen. Und da wir gerade dabei sind: Du solltest mich Rosi nennen."

„Ich kann aber auch …"

„Die Klappe halten und essen!“, unterbrach Rosi Torsten und stellte ihm das Essen vor die Nase.

Torsten begann zu essen und Rosi betrachtete ihn dabei stumm.

Als er fertig war, räumte sie den Tisch ab und setzte sich wieder zu ihm.

„Wenn du was loswerden willst, sollten wir das auf Morgen verschieben, ich bin zu müde, um einem jungen Mann kluge und lehrreiche Ratschläge zu geben.“

Rosi stand auf.

„Ich habe zwar kein Gästezimmer, aber eine Kammer neben meinem Zimmer im hinteren Teil des Hauses. Wenn du nichts dagegen hast, auf einer Matratze neben einem Regal mit Öl, Zucker und Fertigsoßen zu schlafen?“

„Hört sich spannend an!“, grinste Torsten.

„Na, dann los!“

Rosi ging voran und Torsten folgte ihr. Sie ließ ihn kurz allein, um frisches Bettzeug zu holen.

Als sie wiederkam, schaute Torsten sie unsicher an.

„Ich bin im Moment nicht wirklich flüssig. Wenn du Geld für die Übernachtung haben willst, dann …!“

Rosi hob abwehrend die Hand in die Luft.

„Mach dir da mal keine Sorgen. Wir werden schon eine Lösung finden. Du wirst staunen, wie viel Arbeit für einen kräftigen jungen Mann in einer Kneipe anfällt. Die meisten Künstler, wie du einer bist, sind zwar oft pleite, aber ich hoffe, sie haben nicht auch noch alle zwei linke Hände …!“

Sie schloss hinter sich die Tür und ließ Torsten allein.

2.

Jan Petersens oranger Mercedes, Baujahr 1976, näherte sich auf der A28 mit konstanten 120 Stundenkilometern der Stadtgrenze von Oldenburg.

Irgendwo hinter den Weiden, auf denen gelangweilte Kühe ihre stets gleichen Bahnen abgrasten, schob sich die Sonne mühsam am Himmel empor.

Jan gähnte, er war früh aufgestanden, und wenn es einzig um ihn gegangen wäre, würde er noch immer unter der warmen Bettdecke in seiner Hamburger Wohnung liegen. Stattdessen schaute er auf den Beifahrersitz, auf dem der Umschlag des Anwalts und die Wegbeschreibung lagen.

Jan setzte den Blinker, nahm die Abfahrt Haarentor und bog an der Ampel nach rechts in die Ofener Straße ein. Auch wenn Oldenburg nicht sehr weit von Hamburg entfernt war, er war noch nie hier gewesen.

Er fuhr über den Heiligengeistwall und dann durch die Moslestraße. Nach ein paar Metern bog er nach rechts in die Raiffeisenstraße und wenig später in die Osterstraße.

Vor dem Haus mit der Nummer 13 parkte er am Straßenrand – Jan war am Ziel. Ohne lange zu zögern stieg er aus und schaute auf ein weiß verputztes, einstöckiges Haus.

Bei einem der sechs Fenster, drei im Erdgeschoss, drei im ersten Stock, hatte jemand die zerbrochene Scheibe durch Pappe ersetzt. Ein einstöckiger Anbau schloss sich rechtwinklig an das Haus an. Die Erbauer hatten es wohl aus Platzmangel hinzugefügt. Links neben dem Haus entdeckte Jan einen schmalen Weg, der ihn hinter das Haus in einen Garten führte, in dem wild wachsende Pflanzen wucherten, die schon jahrelang keine Gartenschere mehr gesehen hatten.

Jan ging zurück zur Straße und steuerte auf die Haustür zu. Er zog den Schlüssel aus dem Umschlag und steckte ihn in das Schloss. Mit einem knarrenden Geräusch gab die Tür nach und ließ sich mühelos öffnen, als hätte das alte Haus es aufgegeben, Fremde vom unbefugten Eindringen abzuhalten.

Ein muffiger, abgestandener Geruch wehte Jan entgegen, als er einen langen schmalen Flur betrat, von dessen Seiten je zwei Zimmer abgingen.

Die Türen standen offen. Jan ging durch die Räume, in die

durch die verschmutzten Fenster nur spärliches Tageslicht drang. Die Zimmer waren leer. Nackte Glühbirnen hingen von den Decken. Dunkle Ränder an den Wänden zeigten, wo sich einmal Bilder und Möbel befunden hatten.

Jan ging auf die breite Treppe zu, die direkt in den ersten Stock führte. Der alte Teppich, der seine Schritte dämpfte, war staubig und die Farben seines Musters waren längst verblichen.

Jan war überrascht, als er oben eine vollständig eingerichtete Küche vorfand. Am Ende der Küche gelangte man durch eine Tür auf einen großen rechteckigen Balkon.

Jan war neugierig auf die anderen Zimmer.

Nach zehn Minuten hatte er das Bad gefunden, hatte einen kleinen Raum mit einem Bett und einer Kommode inspiziert und das Schlafzimmer und das Arbeitszimmer seines verstorbenen Vaters gesehen.

Nach erster oberflächlicher Betrachtung war ihm aufgefallen, dass sich weder auf den Möbeln noch in den halb geöffneten Schubläden persönliche Gegenstände befanden, die er seinem Vater zuordnen konnte.

Am Ende des oberen Flurs lag ein Zimmer, das er noch nicht betreten hatte. Gerade als seine Hände den Türknauf berührten, hörte Jan Schritte von unten aus dem Flur zu ihm dringen. Jan schaute über das Geländer nach unten und sah einen Mann, der sich der Treppe näherte.

„Entschuldigen Sie, ich wollte Sie nicht erschrecken", sagte der Mann und blickte zurück zum Hauseingang. „Die Tür stand offen, und die Klingel funktioniert nicht, da der Strom abgeschaltet ist."

Jan wollte dem Mann entgegengehen, doch dieser winkte ab.

„Bemühen Sie sich nicht, ich komme zu Ihnen hoch!"

Jan schaute sich den Mann genauer an. Er war groß gewachsen und trug einen schwarzen Nadelstreifenanzug. Sein graumeliertes Haar war nach hinten gekämmt. Jan schätzte ihn auf Mitte sechzig. Als der Mann Jan erreichte hatte, streckte er ihm die Hand hin.

„Ich bin ein alter Freund Ihres Vaters. Ich will nicht versäumen, Ihnen mein herzliches Beileid auszusprechen."

Jan nickte, ahnte aber, dass der Mann nicht nur aus Höflichkeit gekommen war.

„Ich weiß, Sie haben Ihren Vater jahrelang nicht gesehen. Seien Sie versichert, wenn das Gespräch auf Sie fiel, hat er nur Gutes von Ihnen berichtet."

So viel kann es ja nicht gewesen sein, dachte Jan.

„Mit wem habe ich denn das Vergnügen?", fragte er.

Der Mann schüttelte den Kopf. „Mein Name ist unwichtig, nennen Sie mich wie Sie wollen."

Jan wurde hellhörig. War da so etwas wie eine unterschwellige Gereiztheit zu spüren?

Der Mann fasste sich grübelnd ans Kinn. „Die fehlende Beziehung zu Ihrem Vater wird die Angelegenheit, wegen der ich Sie aufsuche, schwieriger gestalten, als ich dachte", fuhr er fort, und Jan verstand noch immer nicht, worum es eigentlich ging.

Wie ein alter Bekannter legte er seine Hand auf Jans Schulter und schob ihn zu der Tür, die er vor ein paar Minuten öffnen wollte. Jetzt öffnete der Mann die Tür, ließ Jan jedoch den Vortritt.

„Lassen Sie uns in die gute Stube gehen und ein Gläschen trinken, dann redet es sich besser!", schlug er vor und schlängelte sich an Jan vorbei.

Zielstrebig steuerte er auf einen großen Kamin zu, in dem ein halb abgebranntes Holzscheit lag.

Er drehte einen Knauf über dem Kaminsims. Mit einem surrenden Geräusch drehte sich ein Bücherregal um die eigene Achse und verwandelte sich in eine ansehnliche Bar.

„Wie wäre es mit einem Likör? Ihr Vater hat ein erstaunliches Sortiment davon."

„Nein danke, für mich nicht. Aber Sie können sich gern bedienen", entgegnete Jan.

Jan fühlte sich unwohl. Was wollte der Mann hier? Er benahm sich fast so, als würde ihm das Haus seines Vaters gehören. Zumindest kannte er sich bestens aus.

Der Mann fuhr über die Etiketten der Flaschen. „Himbeere, Eierlikör, Pfefferminzlikör. Ach nein, da ist Vanille drin, dagegen bin ich allergisch. Wäre mein sicherer Tod!" Der Mann lachte belustigt auf und nahm eine Flasche Kirschlikör und ein passendes Glas aus dem Regal. Damit kam er zum Couchtisch zurück und setzte sich Jan gegenüber.

Jan beschloss, Klartext zu reden. Das gekünstelte Gehabe des Fremden ging ihm auf die Nerven. „Ich würde es begrüßen, wenn ich wüsste, mit wem ich es wirklich zu tun habe. Sie kannten also meinen Vater?"

„Wie ich schon sagte, wir waren gute Freunde." Der Mann schenkte sich ein, lehnte sich dann aber wieder in den Sessel zurück, ohne etwas vom Likör zu trinken.

„Tja, wo soll ich anfangen ...?" Der Mann holte tief Luft, dann beendetet er seine Kunstpause und fuhr fort. „Sagen wir mal so, Ihr Vater hatte als Abteilungsleiter eines Warenhauses ein sehr teures Hobby. Er ging, wie ich, sehr gern in die Spielbank. Genau dort trafen wir uns vor ein paar Jahren. Er saß zufällig neben mir am selben Roulettetisch. Er hatte eine Pechsträhne, und ich hatte an jenem Abend einfach verdammt viel Glück. Als er alles verspielt hatte, fragte er mich, ob ich ihm mit etwas Geld aushelfen könne. Als Pfand bot er mir seine Antiquitäten an. Ich ging auf den Deal ein und griff ihm unter die Arme.

Als er mich ein paar Wochen später erneut fragte, schlug ich ihm ein Geschäft vor, denn es tat mir leid, dass er sein gesamtes Hab und Gut an mich abtreten wollte."

Der Mann beugte sich nach vorn und trank vom Likör. „Ihr Vater willigte ein, und so begann unsere geschäftliche Zusammenarbeit."

„Um was für Geschäfte handelte es sich?", wollte Jan wissen.

„Nun, wie soll ich es ausdrücken? In den Kreisen, in denen ich mich bewege, gibt es Leute, die andere gern vom Hals haben wollen. Ich habe die Aufträge an Ihren Vater weitergeleitet. Von den Summen, die dafür gezahlt wurden, habe ich lediglich die Hälfte als Vermittlungsprovision abgezogen, und den Rest hat Ihr Vater bekommen."

Jan schaute den Fremden ungläubig an. „Wollen Sie mir sagen, mein Vater war ein Auftragskiller?"

„Genau das will ich damit sagen!"

Jan wurde misstrauisch. Was erzählte der Fremde ihm denn da?

Warum behielt er diese Details über seinen Vater nicht für sich? Was lag ihm daran, wenn es denn stimmte, das Andenken an seinen ehemaligen Geschäftspartner nachträglich zu beschmutzen?

„Und warum erzählen Sie mir das? Was hat das Ganze mit mir zu tun?"

Jan blieb ruhig und schaute dem Fremden fest in die Augen. Konnte man in den Augen erkennen, ob jemand log? Denn alles hätte er seinem Vater zugetraut, aber dass er kaltblütig Menschen für Geld um die Ecke brachte, lag nicht im Bereich seiner Vorstellungskraft.

„Leider ist Ihr Vater gestorben, bevor er die letzten vier Aufträge erledigen konnte."

„Ja, und?"

„Nun, Sie sind sein Sohn und ich muss leider darauf bestehen, dass Sie an seiner Stelle die Aufträge erledigen. Sie haben nicht nur das Haus, sondern auch den Vertrag Ihres Vaters geerbt!"

„So ein Quatsch!", lachte Jan gequält auf. „Darf ich den Vertrag mal sehen?"

Der Mann grinste. „Solche Verträge unter Freunden werden nicht schriftlich aufgesetzt."

„Dann hat all das, was Sie sagen, keine Gültigkeit", wehrte sich Jan.

„Sie täuschen sich", antwortete der Mann ruhig und holte aus der Innentasche seines Jacketts einen Revolver zum Vorschein. Er betrachtete ihn kurz und legte ihn mit der Mündung auf Jan gerichtet auf den Tisch.

„Ich werde es doch wohl ablehnen können, dass Sie aus mir einen Auftragskiller machen!", schimpfte Jan ungehalten.

„Aber natürlich, wir leben in einem freien Land. Allerdings sollten Sie dann keine Zeit verschwenden, um Ihre eigenen Angelegenheiten zu klären."

Der Mann schaute Jan eindringlich an und schwieg.

Jan konnte es kaum glauben. Er kam sich vor, als wäre er ein Statist in einem schlechten Theaterstück, in dem das Opfer hoffte, dass gleich hinter einem Vorhang der Polizist hervorgesprungen kam, um dem Bösewicht Handschellen anzulegen. Doch dies war kein Theater. Es war wirklich echt.

„Mann, nun schauen Sie doch nicht so verdrießlich in die Weltgeschichte. Es sind nur vier Aufträge, die Sie erledigen müssen, dann ist der Vertrag erfüllt, und Sie werden nie wieder etwas von mir hören!"

Jan schwieg. Alles schien so absurd.

„Was ist? Haben Sie Skrupel, weil Sie noch nie einen Menschen erschossen haben? Ich versichere Ihnen, das ist ganz einfach. Sie visieren Ihr Opfer an – drücken auf den Abzug – peng – das war's!"

Jan hatte dem Mann nicht zugehört, in seinem Kopf überschlugen sich die Gedanken. Er spielte alle Möglichkeiten durch, wie er aus dieser Situation herauskommen konnte, doch keine führte zu einem befriedigenden Ergebnis. Wenn er zur Polizei ginge, würde der Fremde davon erfahren und ihn sicher erledigen. Wenn er sich jetzt den Revolver vor sich auf den Tisch schnappte, um den Fremden zu erschießen, konnte er sich nicht sicher sein, dass damit alles erledigt war. Schließlich gab es noch die Auftraggeber. Wie Jan es auch drehte und wendete, er kam aus der Sache nur lebend heraus, wenn er erst einmal auf den Deal einging, so hirnverbrannt ihm die Sache auch schien.

„Was müsste ich tun?", fragte Jan. Er hoffte, wenn er auf dieses Spiel einging, dass er dann den Fremden erst einmal loswerden würde. Der Mann grinste und zog einen Umschlag aus der Jackettasche. Er öffnete ihn und reichte Jan ein Foto.

„Dieser Mann kommt jeden Mittwoch ins ‚Bierfass', eine Kneipe an der Nadorster Straße. Er bleibt meist bis zum Ladenschluss und kippt so einiges an Bier in sich hinein. Es wird ein Leichtes für Sie sein, ihn zu verfolgen und an einem ruhigen Platz zu erledigen."

Mit diesen Worten schob der Mann den Revolver auf dem Tisch zu Jan herüber. „Das ist eine Smith & Wessen, Kaliber 38. Sie hat fünf Schuss. Das wird wohl reichen, um den Mann zu erledigen."

Der Fremde erhob sich. „Ich verlasse mich auf Sie. Spätestens übermorgen möchte ich in der Zeitung vom Tod dieses Mannes lesen."

Jan schwieg und schaute dem Mann nach, der gelassen die Treppe hinunterging und auf die Haustür zusteuerte.

Dann drehte er sich noch einmal um. „Ach übrigens, der Mann, den Sie umlegen sollen, ist ein Niemand, sozusagen die Aufwärmübung für die eigentlichen vier Aufträge, die Sie zu erledigen haben. Wir wollen doch beide nicht, dass etwas schiefgeht, wenn es ernst wird."

Mit diesen Worten verschwand der Mann so plötzlich, wie er gekommen war.

Jan stand oben an der Treppe. Er konnte sich nicht rühren. Immer wieder fragte er sich, ob das alles wirklich passiert war. Wenn er nicht den Revolver in den Händen gehalten hätte, hätte er sich einreden können, dass er das alles nur träumte und jeden Moment aufwachen würde. Vor gut einer Stunde war er hier angekommen. Er hatte vorgehabt, ein paar Sachen zu regeln, um das Haus seines Vaters verkaufen zu können, doch nun wurde ihm klar, dass er Oldenburg nicht so schnell verlassen würde, weil er die unerledigten Mordaufträge seines toten Vaters angenommen hatte. Das war nicht gemeint gewesen, als er beschloss, sich mit der Beziehung zu seinem Vaters auseinanderzusetzen, um endlich mit der Vergangenheit abschließen zu können.

Die Begegnung mit dem Fremden hatte sich nicht als ein makabrer Witz entpuppt. Im Gegenteil, er schien mitten in eine Sache geraten zu sein, der er nicht gewachsen war. Oder vielleicht doch …?

❖❖❖

„Wusstest du eigentlich, dass die Sklaverei in Deutschland abgeschafft wurde?", stöhnte Torsten und schleppte die zehnte Kiste mit Getränken aus dem Keller über eine steile Treppe nach oben.

„Ach, das ist mir neu", hörte er Rosi antworten. Sie kniete vor einem Kühlschrank und sortierte die Getränke ein.

„Wir sind gleich fertig und dann wäre es schön, wenn du noch schnell die Gaststube wischen könntest", grinste sie.

Torsten machte große Augen. „Das ist doch wohl nicht dein Ernst? So viel, wie ich heute schon getan habe, dass reicht für ein halbes Jahr kostenlose Übernachtung bei dir!"

„Du kennst meine Preise nicht", neckte Rosi ihn und verschwand in der Küche.

Nach fünf Minuten drang ein köstlicher Duft von frisch gebrühtem Kaffee und gebratenen Zwiebeln in die Gaststube. Torsten sog die Düfte gierig auf und hoffte, dass die Arbeit sich für heute dem Ende entgegenneigen würde. Er suchte einen Wassereimer, und als er ihn endlich gefunden hatte, nahm Rosi ihn Torsten aus der Hand.

„Das war ein Scherz. Für heute bist du fertig."

Torsten atmete erleichtert auf und setzte sich mit der Vorfreude auf ein ausgiebiges Frühstück an einen der Tische.

„Weißt du Rosi, wenn ich ein Handwerker wäre, würde ich all die schmutzige Arbeit gern annehmen, aber ich bin ein Mann des Geistes, und wenn du so viele Aufgaben vergibst, werde ich nur traurig. Wenn ich traurig werde, dann kommen mir keine Ideen für meinen ersten Roman, und wenn mir keine Ideen für meinen Roman kommen, dann werde ich wieder traurig – es ist ein Teufelskreis", erklärte Torsten.

„Ja, hab schon verstanden!", antwortete Rosi. Sie kam mit einem Teller Rühreier aus der Küche und stellte ihn vor Torsten ab. Er hatte seinen Laptop angeschaltet, und Rosi riskierte einen Blick auf den leeren Bildschirm.

„Sieht so aus, als wärst du nicht erst traurig, seit du hier bist."

Sie verschwand wieder in die Küche, um kurz darauf mit einem Schrubber und einem Eimer voll Wasser bewaffnet zurückzukommen.

„Mit sauberen Fußböden verhält es sich im Übrigen genau so, wie mit deinen Ideen und der Traurigkeit, also nimm die Füße hoch!"

Torsten verschlang hungrig sein Rührei, startete eine erneute Mail an Janas Adresse und beobachtete Rosi dabei, wie sie den Fußboden zu Ende wischte.

„Wenn du dann fertig gegessen hast, wäre es mir eine Ehre mit ansehen zu dürfen, wie du dein Geschirr selbstständig in die Küche trägst", hörte er Rosi sagen.

Torsten machte ein zerknirschtes Gesicht. Es lag nicht an Rosis Befehlston, an den er sich in der kurzen Zeit bereits gewöhnt hatte, sondern daran, dass seine Mail an Jana erneut erfolglos zurückkam.

Nach dem Essen stand Torsten auf und brachte sein

schmutziges Geschirr in die Küche zur Spüle. Als er zurückkam, saß Rosi an seinem Tisch. Torsten setzte sich dazu und schaute sie abwartend an.

„Weißt du, ich denke, du solltest dich im Moment mit dem Gedanken anfreunden, dass du auf dich allein gestellt bist. Deine Jana im fernen Amerika kann dir jetzt nicht helfen."

Rosi musterte skeptisch den Computerbildschirm. „Anstatt sinnlos an deinem Computer zu sitzen, solltest du dir lieber eine neue Wohnung suchen. Du ahnst es sicher schon, aber ewig wirst du bei mir nicht bleiben können."

„Ja, ich weiß", antwortete Torsten. „Leider scheine ich auch einen Aushilfsjob zu benötigen, um mir eine kleine Wohnung leisten zu können."

Rosi nickte. „Dann weißt du ja, was du heute zu tun hast!"

Torsten holte tief Luft. „Es wäre so schön, wenn ich endlich vom Schreiben leben könnte", flüsterte er vor sich hin.

„Manchmal muss man Umwege gehen, um ans Ziel zu kommen. Und glaub mir, auch wenn ich nicht viel Ahnung vom Buchhandel habe, aber nicht jeder Autor hat sofort mit einem Bestseller begonnen."

„Wie recht du hast. Dann werde ich mich mal auf die Socken machen und mein Glück versuchen", sagte Torsten und stand auf.

Als Rosi ihm alles Gute gewünscht hatte, schloss sie hinter Torsten die Tür vom ‚Bierfass' wieder ab.

Sie blieb am Fenster stehen und beobachtete ihn, wie er zur Bushaltestelle an der gegenüberliegenden Straßenseite ging. Gern hätte sie ihn kurzfristig als Aushilfe eingestellt, doch sie hatte schon ein junges Mädchen, das ihr an der Theke half. Zwei Leute konnte sie sich beim besten Willen nicht leisten. Die Schulden wuchsen ihr schon jetzt über den Kopf. Es lag nicht daran, dass sie zu wenige zahlende Gäste hatte.

Der Besitzer ihrer Kneipe hatte in den letzten zwei Jahren die Miete dreimal erhöht. Er zog an der Daumenschraube, denn er wollte sie hier raushaben. Es war ein offenes Geheimnis, dass er das ‚Bierfass' abreißen wollte, um hier, so nah an der Innenstadt von Oldenburg, eine Wellnessoase zu bauen.

Rosi wusste nicht, wie lange sie ihre Kneipe noch halten konnte, doch eines wusste sie ganz sicher – so allmählich ging ihr die Luft aus.

Kurz nach dem Besuch des Fremden war Jan ruhelos durch das Haus gelaufen.

Er hatte in den Räumen nach Hinweisen einer Verbindung zwischen dem Fremden und seinem Vater gesucht. Doch Jan hatte nichts gefunden.

Sosehr er sich auch wünschte, der Fremde hätte ihm einen Bären aufgebunden, musste er sich wohl oder übel an die Tatsache gewöhnen, dass er gerade in etwas hineingerutscht war, aus dem es kein Entrinnen mehr gab.

Er war zum nächsten Kiosk gegangen und hatte sich ein Sixpack geholt.

Jetzt saß Jan in der Küche. Die Tür zum Balkon stand offen, das Bier ungeöffnet vor ihm auf dem Tisch.

Von draußen drangen die Geräusche des abendlichen Straßenverkehrs zu ihm herauf.

Gern hätte er sich einen angetrunken und sich selbst bedauert. Wenn seine Kollegin ihm die Kündigung nicht aus den Händen gerissen und damit zum Chef gerannt wäre, hätte er seinen Job noch.

Wenn er beim Anwalt nur eine Minute länger nachgedacht hätte, wäre er möglicherweise auf die Idee gekommen, das Erbe seines Vaters abzulehnen. Dann säße er jetzt nicht in diesem großen Kasten ohne Wasser und Strom. Doch all diese Gedanken wischte Jan entschlossen weg. Wollte er nicht ein neues Leben? War er es nicht gewesen, der vom täglichen Einerlei die Nase vollgehabt hatte?

Jetzt bot sich endlich eine Gelegenheit, seinem Leben eine neue Richtung zu geben. Dass er den neuen Lebensabschnitt gleich als Auftragskiller beginnen würde, davon hatte er sicher nicht geträumt, aber wenn es so sein sollte, dann würde er auch diese Herausforderung annehmen.

Jan stand auf, schloss die Balkontür und beschloss, dem ‚Bierfass' einen Besuch abzustatten.

❖❖❖

Gegen zwanzig Uhr betrat Jan das ‚Bierfass'.

Als er eintrat, konnte er nur durch einen Ausfallschritt nach rechts einen Zusammenstoß mit einer kleinen dicken

Frau verhindern, die auf ihren Armen vier Teller mit Essen balancierte.

Zügig brachte sie das Essen an einen der belegten Tische, um kurz darauf wieder in der Küche zu verschwinden.

Jan steuerte den Tresen an, hinter dem eine schlanke, hübsche Blondine, wohlgeformt und groß, in einer mintgrünen Satinbluse stand und sich am Zapfhahn zu schaffen machte.

Als er näher trat, sah er, dass sie ein Problem hatte. Sie ruckte am Hahn und sah kurz in seine Richtung.

„Moin, Herr …?“

„Jan“, entgegnete er ihrem fragenden Blick.

„Ich bin Ashley. Tut mir leid, wenn ich dir nicht die Hand zur Begrüßung geben kann.”

Sie hielt noch immer ein überschäumendes Bierglas in der einen Hand, und mit der anderen rüttelte sie vergeblich am Zapfhahn.

„Der Hahn lässt sich nicht schließen. Mir läuft das ganze Bier über“, erklärte sie dem neuen Gast.

„Warte, ich helfe dir“, sagte Jan und stellte sich neben sie. „Zieh mal an deinem rechten Blusenärmel, der hat sich im Gelenk des Zapfhahns verklemmt.“

„Oh!“, staunte sie, „es funktioniert!“

Ashley beugte sich zu ihm über den Tresen und flüsterte: „Das hätte bestimmt Ärger gegeben.“

„Ich bin Torsten Hammerstein!“, hörte Jan einen jungen Mann neben sich sagen.

Zum zweiten Mal an diesem Tag reichte ihm ein fremder Mann die Hand zur Begrüßung.

Jan musterte ihn. Er war etwa dreißig Jahre alt, einen Kopf kleiner als er, sportlich schlank und musste ein heiteres Gemüt haben, wenn es seine Angewohnheit war, ohne sichtlichen Grund fremde Leute einfach so anzusprechen.

Er hatte ein leeres Bierglas an die Theke mitgebracht, das er Ashley reichte.

„Machst du mir noch eins? Und du, Jan, was willst du haben?“

„Auch ein Bier“, antwortete Jan und war sich sicher, dem jungen Mann für die nächste Zeit hoffnungslos ausgeliefert zu sein.

Jan und Torsten stießen miteinander an.

Wenig später setzten sie sich an Torstens Stammtisch. Nach einer Viertelstunde wusste Jan, warum Torsten hier war und wie ihn der Vater seiner Freundin abgefertigt hatte. Außerdem musste er sich Mutmaßungen anhören, warum Jana über Internet nicht erreichbar war.

Selbstverständlich machte Tom auch keinen Hehl aus seiner Überzeugung, eines Tages ein berühmter Schriftsteller zu sein.

Jan hörte sich Torstens Gerede mit wohlwollender Höflichkeit an, drehte sich jedoch ab und zu zur Theke um.

„Nimmst du Ashley unter die Lupe?“, fragte Torsten. „Sie ist eine klasse Frau, was? Sie hilft hier abends aus und tagsüber hat sie wohl abwechselnd irgendwelche Jobs. Ich habe sie erst heute Abend kennengelernt, aber eines weiß ich schon jetzt: Von mir will sie nichts wissen!“

Torsten boxte Jan grinsend in die Seite. „Du weißt, was ich meine …?“

Jan nickte und als er bei Rosi am Tisch vorbeikam, rief er ihr zu: „Kann ich was bestellen?“

„Ich komme gleich!“, rief sie zurück. Sie schien ihren neuen Gast erst jetzt wahrzunehmen.

Dann kam Rosi an den Tisch und schaute Torsten und Jan abwechselnd an. „Wenn Torsten dir die Ohren mit seinen atemberaubenden Auszügen aus seinem aufregenden, kurzen Leben volldröhnt, hör einfach weg oder tritt ihm gegen das Schienbein. Er ist jung und kann das vertragen!“, grinste Rosi Jan an.

„Jan würde das nie tun.“, erklärte Torsten, als wären sie seit Langem die dicksten Freunde. Rosi wusste, dass dem nicht so war und ging nicht darauf ein.

„Was kann ich dir bringen?“, wandte sie sich stattdessen an Jan.

„Ein Schnitzel mit Bratkartoffeln.“

Rosi nickte nur und verschwand in der Küche.

„Was machst du so?“, fragte Torsten. Er fand nichts dabei, direkt mit der Tür ins Haus zu fallen.

„Bist du neben der Schriftstellerei auch als Talkmaster tätig?“

„Nein, wieso?“

„Oh, dann bin ich ja beruhigt. Ich dachte schon, das hier wäre die Kulisse für eine Talkshow und ich müsste dir jetzt meine Lebensgeschichte beichten.“

Tom lehnte sich zurück und hob beide Hände in die Luft, als würde ihm jemand eine Waffe von hinten in den Rücken drücken. „Ich habe verstanden! Du willst der geheimnisvolle, einsame Wolf bleiben.“ Torsten rümpfte die Nase und nippte am Bier. „Dann werde ich mir halt eine Geschichte über dich ausdenken müssen. Ich bin schließlich Schriftsteller!“

Torsten grinste breit, und als Rosi mit Jans Essen kam, bestellte Torsten noch zwei Bier.

„Wovon willst du das bezahlen?“, fragte Rosi. „Du hattest bereits drei Bier und, soviel ich weiß, war dein Tag in punkto Jobsuche erfolglos.“

„Du kannst einem auch den Abend verderben“, grummelte Torsten.

„Ich habe auch nie behauptet, dass ich deine demenzkranke gute Fee bin.“

„Mein Kumpel bezahlt das Bier!“, sagte Torsten und zeigte auf Jan. „Er hat nämlich gerade eine Bank ausgeraubt und ist auf der Flucht. Doch bevor er das Land verlässt, will er bei dir schnell noch ein Schnitzel essen und einem Freund namens Torsten ein Bier ausgeben. Erst auf seine eigene Anweisung hin darf ich die Polizei am Friedhofsweg auf seine Spur setzen, damit die Jagd beginnen kann!“

Rosi verdrehte die Augen und wandte sich an Jan.

„Du hättest auf mich hören sollen. Ohne eine kräftige Kopfnuss wirst du Torsten nicht mehr los.“ Rosi verschränkte die Arme vor der Brust. „Darf es noch ein Bier für dich sein?“, fragte sie Jan.

„Mach zwei!“, antwortete er.

Rosi nickte. „Gut, in dem Glas ohne Tropfschutz ist das Arsen drin. Nur für alle Fälle.“

Rosi ging hinter die Theke.

Fünf Minuten später brachte Ashley das Bier an den Tisch. „Rosi sagt, das Gift ist in diesem Glas drin. Soll mit Arsen versetzt sein“, sagte sie und stellte es vor Torsten hin.

Im Weggehen murmelte sie: „Wusste gar nicht, dass wir so etwas ausschenken dürfen …“

Jan aß in Ruhe auf. Torsten schaute ihm tatsächlich still dabei zu.

Doch kaum hatte Jan sein Bier ausgetrunken, winkte er Rosi zu sich, um das Essen und Torstens Bier zu zahlen.

Torsten schaute ihn verdutzt an. „Du hast es aber plötzlich eilig!"

„Es war ein langer Tag für mich", erklärte Jan.

„Sehen wir uns morgen wieder?", wollte Torsten wissen.

Jan nickte. „Ich denke schon."

„Klasse, also dann bis morgen!"

Die beiden Männer gaben sich zum Abschied die Hand.

Torsten schaute Jan nach, und als dieser das ‚Bierfass' verlassen hatte, holte er seinen Laptop aus der Tasche neben dem Stuhl und klappte es auf.

Als er Jan ins ‚Bierfass' hatte reinkommen sehen, war ihm eine Idee gekommen.

Jetzt öffnete er eine neue Textdatei. Er ließ den Abend mit Jan Revue passieren und begann Jan als Figur zu skizzieren.

Er notierte sich Jans Mimik, die Art, wie er sprach. Torsten wusste noch nicht, was er mit den Notizen anfangen würde, doch er war davon überzeugt, dass es sich lohnen könnte, seine Inspirationen aus dem wahren Leben zu nehmen.

Plötzlich hörte Torsten seinen Namen. Er schaute zur Theke. Rosi winkte ihm mit dem Zeigefinger zu sich.

Torsten stand auf und folgte Rosi in die Küche. Irgendwie kam sie ihm etwas sonderbar vor.

„Was ist denn? Hab ich das Geschirr falsch weggestellt?", mutmaßte er.

„Nein. Ich habe einen Auftrag für dich!"

Tom verzog angewidert den Mund. „Bitte nicht mehr heute Abend!", stöhnte er.

„Jetzt jammere nicht herum und hör mir einfach mal zu …"

❖❖❖

Jan verließ grübelnd das ‚Bierfass'. Hatte Torsten nicht vom Friedhofsweg geredet und davon, dass dort ein Polizeipräsidium sei? Er muss es erwähnt haben, als er behauptete, Jan sei ein Bankräuber.

Jan schaute sich um und entdeckte einen kleinen Stadtplan an einer der Bushaltestellen.

Er hatte den Friedhofsweg schnell gefunden. Er war nicht sehr weit vom ‚Bierfass' entfernt.

Jan beschloss, dass es Zeit war, endlich die Polizei aufzusuchen. Nach einer knappen halben Stunde sah er die beiden Bürotürme des Polizeireviers. Während er zielstrebig auf das Einfahrtstor zuging, sammelte er in Gedanken alles zusammen, was er hatte.

Einmal war das der Fremde, der behauptete, ein alter Geschäftsfreund seines verstorbenen Vaters zu sein. Der ihm weismachen wollte, dass sein Vater im Auftrag des Fremden gemordet hatte. Er hatte die Aussage des Fremden, der ihn nach dem Leben trachtete, wenn er die ausstehenden Aufträge nicht im Namen seines Vaters erledigte. Als Beweis besaß Jan einen funktionstüchtigen Revolver und das Bild seines ersten Opfers.

Würde das ausreichen, um die Polizei von der Richtigkeit seiner Aussage zu überzeugen, oder würden sie nach seinem Bericht dafür sorgen, dass er in eine geschlossene psychiatrische Einrichtung eingewiesen würde?

Jan musste es darauf ankommen lassen. Es war die einzige und letzte Möglichkeit, aus der Sache herauszukommen.

Er hatte kaum das Tor hinter sich gelassen und lief gerade an einer Reihe geparkter Autos auf den Eingang des Polizeireviers zu, als er plötzlich etwas Kühles im Nacken spürte. Jan blieb wie versteinert stehen. Eine ihm wohlvertraute Stimme flüsterte ihm zu: „Ich würde nicht mal im Traum daran denken, dort hineinzugehen. Ich dachte, meine Anweisungen und die Alternativen bei Nichteinhaltung des Vertrags hätte ich deutlich zum Ausdruck gebracht?"

Jan wollte sich umdrehen und dem Fremden alles erklären, doch der drückte die Mündung des Revolvers noch fester gegen Jans Nacken.

„Bleiben Sie stehen und rühren Sie sich nicht. Hören Sie mir genau zu. Ich sage es zum letzten Mal: Sollten Sie der Polizei oder irgendeinem anderen Menschen von unserem Arrangement erzählen oder mit dem Gedanken spielen, den Vertrag zwischen uns zu brechen, sind Sie ein toter Mann! Habe ich mich klar und deutlich ausgedrückt?"

Jan nickte vorsichtig.

„Gut, dann bleiben Sie auf der Stelle stehen und zählen bis einhundert. Dann, hoffe ich, werden Sie den Parkplatz verlassen und ihren ersten Auftrag vorbereiten. Wenn Sie sich vorher umdrehen oder um Hilfe rufen, werden das die letzten Laute gewesen sein, die Sie von sich gegeben haben."

Jan hatte verstanden und wagte sich nicht zu bewegen. Langsam fing er an zu zählen.

„Eins, zwei, drei, vier ..."

Wenig später hörte er das Starten eines Autos, und als der brummende Motor außer Hörweite war, drehte sich Jan ängstlich um. Der Fremde war verschwunden. Er hatte bei sechsundsiebzig aufgehört zu zählen.

Jan zitterte am ganzen Körper. Er schaute zum Eingang des Reviers, doch sein anfänglicher Optimismus war verflogen. Er würde sich an die Regeln seines Auftraggebers halten müssen. Wie ein geprügelter Hund schlich er vom Gelände des Polizeireviers.

3.

Jan schaute auf seine Armbanduhr. Es war fast neunzehn Uhr. Mit Schrecken stellte er fest, dass er beinahe den ganzen Tag verschlafen hatte.

Am Abend zuvor, als er vom Friedhofsweg zurückgekommen war, war er durch das dunkle Haus gestolpert und hatte nach längerem Suchen im Kaminzimmer eine Packung Kerzen in einem der Schränke gefunden und sich aus der Küche ein Bier geholt. Still und nachdenklich hatte er eine Flasche nach der anderen ausgetrunken. Erst dann hatte er beschlossen, sich im Gästezimmer schlafen zu legen.

Jan stand aus dem Bett auf und ging ins Bad. Als er unter der Dusche stand und den Hahn aufdrehte, fiel ihm wieder ein, dass es im ganzen Haus kein Wasser gab.

Jan zog sich an und betrachtete sich dabei im Spiegel. Mit seinem Dreitagebart kam er dem Aussehen eines Verbrechers recht nahe.

Er musste sich morgen dringend um Wasser und Strom kümmern. Für heute war es dafür zu spät.

Jan ging in die Stube. Er nahm das Bild seines Opfers und den Revolver vom Stubentisch. Dann betrachtete er das Foto. Der Mann war alt und unscheinbar, ein Mann, der niemandem auf der Straße besonders auffallen würde.

Jan zog sich eine schwarze Lederjacke an und steckte das Foto zusammen mit dem Revolver in die Innentasche.

Als er die Treppe nach unten ging, fühlten sich seine Beine ungewohnt weich an. Was er da vorhatte, war purer Wahnsinn – aber es nicht zu tun, auch. Das unerwartete Treffen mit seinem Auftraggeber vor dem Polizeirevier hatte ihm gezeigt, dass er unter Beobachtung stand. Er hatte ihm noch einmal eindringlich klargemacht, dass dies alles kein kindliches Räuber-und-Gendarm-Spiel ist. Er hatte keine andere Wahl: Er musste sich mit den Regeln vertraut machen, um am Ende nicht selbst zu verlieren.

Jan verließ das Haus und machte sich auf den Weg zu seinem ersten Auftrag.

❖❖❖

Als Jan das ‚Bierfass' an diesem Abend betrat, kam es ihm vor, als hätte er es nur kurz verlassen, um frische Luft zu schnappen.

Wieder schlängelte sich Rosi mit Essensteller an den Tischen vorbei. Es roch nach Bratkartoffeln und frisch paniertem Schnitzel.

Torsten saß an seinem Stammtisch in der hinteren Ecke. Plötzlich polterte es. Jan blickte auf. Ashley hatte gerade vor der Theke ein Tablett mit frisch polierten Gläsern fallen lassen.

Jan ging zu Ashley und nahm ihr das Kehrzeug aus den Händen. Schnell kehrte er die Scherben zusammen und warf sie in einen Eimer, den sie ihm offen hielt.

Rosi rauschte mit einem Tablett voller leerer Biergläser an ihnen vorbei.

„Ashley, ich wäre sehr gerührt, wenn du dir die kleinen Showeinlagen ersparen könntest."

Jan wollte sich nicht einzumischen, stattdessen sagte er: „Ich hätte gern ein Schnitzel mit Bratkartoffeln, ein Bier und eine Cola."

Jan ging zu Torsten und setzte sich mit an den Tisch. Von seinem Platz aus hatte er den Tresen gut im Blick. Der Mann vom Foto saß bereits dort vor seinem Bier. Jan hatte ihn beim Betreten der Kneipe sofort erkannt.

Torsten klappte sein Laptop zu.

„Willst du heute eine bessere Sicht auf Ashley haben?", neckte er Jan. „Oder observierst du jemanden?"

Diesmal trat Jan Torsten gegen das Schienbein.

„Hey, das war doch nur ein Scherz", beschwerte er sich.

Jan spürte, dass Torsten ihn beobachtete und fragte sich, ob er bemerkte, dass er total unter Strom stand.

„Jan, ist alles in Ordnung mit dir?"

„Ja, danke der Nachfrage", antwortete Jan und war froh, dass Ashley endlich die Getränke brachte.

„Die Cola ist doch wohl nicht für mich?", erboste sich Torsten.

„Nein!", sagte Jan kühl.

„Scheiße, hier stimmt was nicht. Verrätst du es mir?", stocherte Torsten.

„Nein, lass mich einfach in Ruhe."

„Schade, dabei wollte ich dir heute einen ausgeben. Ist doch mein letzter Tag hier. Ich habe beschlossen, Rosi nicht mehr länger auf der Tasche zu liegen."

Jan wandte sich an Torsten. „Hast du endlich eine Wohnung gefunden?"

Torsten schüttelte den Kopf. „Nein, wird sich aber sicher in dem Moment ergeben, in dem ich das ‚Bierfass' verlasse."

Jan staunte über Torstens jugendlichen Optimismus. Mehr Interesse konnte er ihm aber im Augenblick nicht entgegenbringen.

Rosi kam mit dem Essen. Trotz Jans anfänglichem Hunger stocherte er nur lustlos im Essen herum. Er verfluchte sich innerlich dafür, dass er nicht abgebrühter war.

Gegenüber Torsten kam er sich vor wie ein offenes Buch. Wenn er noch länger neben ihm sitzen würde, würde er bald den Text lesen können.

Rosi ging zu dem Mann am Tresen, brachte ihm ein neues Bier und setzte sich zu ihm.

Torsten schaute ebenfalls zur Theke und stieß Jan auffordernd in die Seite.

„Jetzt wird Alfred Rosi wieder einen Heiratsantrag machen. Er will sie seit Jahren heiraten“, erklärte Torsten und fügte hinzu: „Hat mir Ashley ganz im Vertrauen erzählt. Alfred scheint ’ne Menge Geld auf der hohen Kante zu haben. Mit dem Geld könnte er Rosis Schulden spielend begleichen. Aber Rosi will nicht, weil sie ihn nicht liebt. Für sie ist er nur ein treuer Stammgast.“

Jan beobachtete, wie Rosi dem Mann zuprostete und verfluchte Torsten, dass er nicht die Klappe gehalten hatte. Erstens wusste er jetzt den Namen seines Opfers, eine Tatsache, auf die er gern verzichtet hätte, und zweitens ging ihm gerade durch den Kopf, dass er dafür sorgen musste, dass Rosi ihn nie wiedersehen würde.

Jan schob sein Essen zur Seite, der Appetit war ihm restlos vergangen. Stattdessen versuchte er, mit Torsten ein Gespräch über unverfängliche Dinge zu beginnen. Doch sosehr er sich auch bemühte, das Gespräch ging nur schleppend voran.

Nach einer Stunde gab Jan den verkrampften Small Talk auf, denn Alfred bezahlte seine Rechnung. Auch Jan bat Rosi um die Rechnung. Er lud Torsten wieder ein. Vielleicht konnte er ihn damit etwas versöhnlich stimmen, weil er ihm heute Abend nicht die volle Aufmerksamkeit geschenkt hatte.

Alfred hatte kräftig einen im Kahn und quälte sich umständlich vom Hocker. Als er zur Tür ging, verabschiedete sich Jan von Torsten, ohne ein weiteres Treffen in Aussicht zu stellen.

Torsten schaute Jan ungläubig hinterher, der, ohne ein weiteres Wort zu verlieren, kurz nach Alfred das ‚Bierfass‘ verließ, um sich an die Fersen seines ersten Opfers zu heften.

❖❖❖

Jan folgte dem Mann, der in Richtung Innenstadt ging. Er versuchte, ausreichend Abstand zu halten, was einem Geduldspiel gleichkam. Mal machte der Mann schnelle, kurze

Schritte, mal begann er zu schwanken, und dann wieder blieb er ohne Grund stehen, als müsse er sich neu orientieren.

In dieser Nacht war der Himmel klar. Unschuldig sandte der Vollmond sein Licht auf die Straßen und Dächer der Stadt.

Jan konnte von Glück reden, dass der Mann nach dem Verlassen des ‚Bierfass' nicht mit einem Fahrrad davongefahren war, auch wenn das in seinem angetrunkenen Zustand nur schwer möglich gewesen wäre. Aber er hätte sich ein Taxi rufen können.

Und überhaupt, wo wohnte der Mann? Wie lange würde er dem Fremden hinterhergehen müssen? An diesem Punkt seiner Überlegungen wurde Jan klar, wie unvorbereitet er die Sache angegangen war. Er wusste seinen Namen, mehr jedoch nicht. Auch wenn er anfangs überhaupt kein Interesse an dem Privatleben des Mannes gehabt hatte – jetzt wäre er über ein paar Zusatzinformationen dankbar.

Ohne auf den mäßigen Verkehr am Pferdemarkt zu achten, schlenderte der Mann wie ein stark ausschwenkender Gelenkbus über die grüne Verkehrsinsel.

Ab und an kamen ihnen ein paar Nachtschwärmer entgegen, die mit einem Seitenblick nur kurz Notiz von dem Betrunkenen nahmen. Jan selbst blieb unbemerkt.

Nach einer weiteren guten halben Stunde erreichte der Mann den ‚Schwan', eine Kneipe am Jachthafen, die bereits geschlossen hatte.

Jan fragte sich, wie und wo er sein Opfer erledigen sollte.

Der Mann konnte weiß Gott wo wohnen. Jan brauchte einen unbelebten und dunklen Platz.

Plötzlich sah Jan, dass der Mann aus einem ihm unerfindlichen Grund auf die Mauer am Wasser kletterte und auf ihr zu balancieren begann. Anscheinend betrachtete er ein paar holländische Jachten, die am Stau vor Anker lagen.

Jan drehte sich um, hielt nach allen Seiten Ausschau. Er schien mit dem Mann allein zu sein. Jan ergriff die Gelegenheit und zog geräuschlos den Revolver aus der Innentasche seiner Jacke. Er stand knapp sechs Meter hinter dem Mann. Mit einem Schuss aus dieser Entfernung konnte er ihn nicht verfehlen. Mühsam versuchte er, seine zitternde Hand in den Griff zu bekommen. Dann zielte er auf den Mann. Sein Zeigefinger krümmte sich um den Abzug. Es würde einen dumpfen Knall geben, dann wäre es vorbei. Er atmete tief ein, wollte abdrücken, als er ein Platschen hörte.

Der Mann war verschwunden.

Jan lief zu der Stelle, an der er ihn zum letzten Mal gesehen hatte, und schaute ins Wasser. Trotz des Vollmondes konnte er nicht viel erkennen. Irgendwo musste sich das Wasser doch kräuseln. Von irgendwo musste doch die Stimme eines betrunkenen Mannes kommen, der um Hilfe rief, und sei es noch so leise.

Jan hörte nichts. Es war, als hätte das dunkle Wasser den Mann in die Tiefe gezogen, um ihn nie mehr herzugeben.

„Hast du ihn erschossen?“, hörte Jan Torstens Stimme. Jan drehte sich erschrocken um. Torsten kam zögerlich näher.

Jan dachte an den Revolver, den er unbenutzt in den Händen hielt. Er steckte ihn verstohlen weg.

„Was willst du hier? Spionierst du mir nach?“

Jan schaute zur Mauer, als erwartete er, dass der Mann sich jeden Augenblick wassertriefend, sich mühsam festkrallend, aus dem Wasser kroch.

„Wusste ich doch, dass heute etwas anders war. Der Mann da, war das Alfred?“ Torsten zeigte zum Wasser.

„Was fragst du, wenn du es doch längst weißt.“

Jan wurde wütend. „Nun renn schon zur Polizei!“

Stattdessen ging Torsten zur Mauer und schaute ins Wasser. „Schwimmt er da jetzt irgendwo herum?“

„Woher soll ich das denn wissen?“, entgegnete Jan genervt.

„Und, was willst du jetzt tun?“, fragte Jan. Die ganze Situation war ihm unangenehm.

„Ich wollte dich eigentlich fragen, ob ich für ein paar Tage bei dir unterkommen kann. Darum bin ich dir auch nachgelaufen.“

„Du suchst bei einem Mörder Unterschlupf?“

Torsten hob die Achseln. „Warum nicht, wenn du einer bist. Ist mal was anderes.“

Und wieder schaute Torsten zum Wasser und dann Jan direkt ins Gesicht.

„Was immer du tust, ist dein Problem. Mein Problem ist,

dass ich für den Moment kein Dach mehr über den Kopf habe. Ich denke, ich kann ungefährdet bei dir unterkommen, oder stehe ich etwa auch auf deiner Liste?“ Jetzt grinste Torsten.

Jan schüttelte den Kopf. „Nein, noch nicht!“

„Prima, dann wäre das ja geklärt.“

❖❖❖

Nach längerer Suche im dunklen Haus hatte Torsten im Flur auf dem Telefontisch eine Kerze gefunden und schlich nun wie ein Geist durch das Gebäude.

„Mensch, ist das ein riesiger Kasten. Gehört der dir oder hast du ihn besetzt?“

„Geerbt – von meinem Vater“, antwortete Jan gleichgültig.

Er machte Feuer im Kamin, dann holte er sich einen Whisky aus der Bar und wartete darauf, dass Torsten seine nächtliche Besichtigungstour beendete.

Als Torsten in die Stube kam, fragte er: „Warum sind die unteren Räume denn leer?“

„Das ist eine viel zu lange Geschichte“, antwortete Jan.

„Ich liebe lange Geschichten.“

„Schon klar, aber ich finde, es ist besser, wenn du nicht alles weißt.“

Torsten verzog den Mund. „Hey Jan, ich bin nicht naiv. Ich bin mit dir gekommen, anstatt dich zu verpfeifen, und ich denke, mit dieser Entscheidung sitzen wir in einem Boot.“

„Aus welchem Bogart-Film hast du denn diesen Spruch?“

„Das ist kein Spruch, das ist eine Tatsache“, konterte Torsten.

Jan zeigte zur Stubentür. „Du kannst jederzeit gehen!“

Torsten nickte.

„Klar, der einsame Held. Aber da hast du dich bei Torsten Hammerstein gründlich getäuscht. Ich bleibe, und weißt du, warum?“

Torsten ließ absichtlich eine Pause, bevor er erklärte: „Ich wittere hier eine ganz dicke Story für mein erstes Buch!“

Jan hob die Augenbrauen. „So, tust du das?“

„Klar, aber keine Angst, ich werde die fertige Handlung und die Personen so weit verändern, dass uns keiner auf die Schliche kommt.“

„Was ist, wenn das Buch durch deinen Tod unvollendet bleibt?“, sagte Jan und schaute Torsten mit großen Augen an.

„So gefährlich lebst du?“

„Keine Ahnung, ich weiß nicht wirklich, mit wem ich es zu tun habe.“

Torsten nickte grübelnd. „Du hast also einen Auftraggeber?“

„Ja, sieht ganz danach aus“, sagte Jan, und plötzlich fasste er einen Entschluss, der so waghalsig war wie die Besteigung des Mount Everest: Er begann Torsten alles zu erzählen. Alles! Jan fing mit der Kündigung an, erzählte vom Anwalt seines verstorbenen Vaters und endete an der Stelle, an der Torsten ihn von hinten angesprochen hatte, kurz nachdem sein erstes Opfer ins Wasser gefallen war.

Als er geendet hatte, fühlte er sich auf merkwürdige Weise erleichtert. Endlich hatte er sich den ganzen Kram von der Seele geredet. Alles hatte nun, als er es noch mal erzählte, sehr abenteuerlich geklungen.

„Wow, was für eine Story“, kommentierte Torsten das Gehörte.

Jan erhob sich und Torsten fragte:

„Wie geht es jetzt weiter?“

„Ich habe keine Ahnung“, antwortete Jan wahrheitsgemäß, ging zur Tür und drehte sich zu Torsten um, der noch immer verblüfft im Sessel saß.

„Lass mich noch eines klarstellen, bevor ich ins Bett gehe. Wenn du hier bleibst, könnte es wirklich gefährlich für dich werden.“

„Damit werde ich schon klarkommen“, antwortete Torsten beschwichtigend.

„Gut. Dann nimm bitte das letzte Zimmer auf der rechten Seite.“

„Ist es das Schlafzimmer deines Vaters?“

Jan nickte.

„Ist er darin gestorben?“

„Keine Ahnung, ich war nicht dabei. Aber vielleicht erscheint er dir ja heute Nacht im Traum. Dann sag ihm bitte, dass er mir einen Scheiß-Job hinterlassen hat!“

„Gut, mach ich.“

„Ach, und noch eins, Torsten. Wenn du es dir anders überlegst, sei beim Verlassen des Hauses bitte leise. Solltest du zur Polizei gehen, warte wenigstens so lange damit, bis ich ausgeschlafen habe. Ich schlafe meist bis zwölf Uhr."

4.

Als Jan am nächsten Morgen erwachte, war er nicht wirklich überrascht, Torstens Schritte auf dem oberen Flur zu hören. Wenn er ehrlich war, freute er sich sogar darüber, dass Torsten nicht gegangen war. Vielleicht war es doch kein Fehler gewesen, ihn ins Vertrauen zu ziehen. Auch wenn es Torsten nicht so sehen würde, ab jetzt war er nicht nur für sich, sondern auch für ihn ein wenig mit verantwortlich.

Nicht Torstens Schritte, sondern ein Geräusch, als würde irgendwo Wasser rauschen, ließ ihn neugierig aus dem Bett steigen.

Jan ging aus dem Zimmer und stieß fast mit Torsten zusammen, der seine nassen Haare mit einem Handtuch abtrocknete.

„Irgendwie funktioniert das Wasser, und Strom ist auch da", verkündete Torsten.

Jetzt roch Jan den Duft von frisch gekochtem Kaffee. Torsten sah Jans Blick und zeigte zur Küchentür. „Steht auf dem Tisch."

Voller Vorfreude ging Jan in die Küche, öffnete den Schrank und holte einen Becher raus. Er wollte gerade zur Kaffeekanne greifen, als das Telefon im unteren Flur zu klingeln begann. Jan ging zur Treppe und schaute hinunter.

„Willst du nicht rangehen?", fragte Torsten.

„Doch, ich weiß nur nicht, wer das sein könnte."

„Wenn du noch länger zögerst, wirst du es auch nie erfahren!"

„Sehr witzig..." Jan ging nach unten und nahm den Hörer ab.

„Hallo?"

„Ah, da sind Sie ja endlich. Ich hoffe, ich habe Sie nicht geweckt. Sind denn alle Wasserleitungen in Ordnung? Ich habe mir erlaubt, für Wasser und Strom zu sorgen. Sozusagen als Zeichen meiner Anerkennung."

Jan hatte die Stimme seines Auftragsgebers sofort erkannt. „Ja, alles in Ordnung", antwortete er widerwillig.

„Wie ich aus vertraulichen Quellen erfuhr, hat man vor drei Stunden eine männliche Leiche in der Nähe der Huntebrücke aus dem Wasser gezogen. Mein Glückwunsch, auch wenn sie wohl nicht ihre Waffe gebraucht haben. Wissen Sie, was meine Großmutter immer sagte? Allein das Ergebnis zählt."

Der Mann kicherte wie eine keusche Jungfrau, dann änderte sich sein Ton. „Ich hoffe, Sie sind wohlauf, denn Ihr erster richtiger Auftrag ist schon heute Abend. Die näheren Informationen, die Sie dafür brauchen, finden Sie zusammen mit dem geeigneten Handwerkszeug unter der alten Schubkarre in der Garage neben dem Haus. Viel Glück!"

Der Mann hatte die Verbindung unterbrochen und Jan legte den Hörer zurück auf die Station.

„Wer war das?", rief Torsten von oben herunter.

„Na, wer schon!"

Torsten kam nach unten. „Dein Auftraggeber?"

Jan nickte schweigend und ging zur Haustür.

„Wo willst du hin?"

„Was nachsehen", antwortete Jan.

Die Garagentür ließ sich leicht öffnen und die Garage selbst war bis auf ein altes, windschiefes Regal, in dem Dosen mit vertrockneter Farbe und verrostete Gartengeräte lagerten, leer. In der hintersten Ecke stand tatsächlich eine umgedrehte Schubkarre.

Mit einem Ruck hob er sie an und sah einen in eine graue Decke eingewickelten Gegenstand.

Torsten staunte nicht schlecht, als Jan ein Gewehr zum Vorschein brachte. Ein Umschlag fiel zu Boden.

„Mensch, das ist ja ein Scharfschützengewehr. Eine TRG-42, Kaliber 338 Lapua Magnum. Damit kann man Ziele bis zweitausend Meter sicher treffen", erklärte Torsten.

„Woher kennst du dich so gut mit Waffen aus?"

„Ich recherchiere viel. Man weiß ja nie, wozu man die Infos später mal gebrauchen kann."

„Willst du einen Krimi schreiben?"

„Bis jetzt war ich mir nicht so sicher, aber seitdem ich dich kenne, sieht es fast danach aus.“

Jan hob den Umschlag auf und wollte mit dem Gewehr die Garage verlassen, doch Torsten hielt ihn zurück.

„He, du kannst doch mit dem Ding nicht einfach so aus der Garage marschieren. Warte hier!“

Torsten verschwand und kam wenige Minuten später mit seiner leeren Reisetasche zurück.

Er nahm Jan die Waffe ab und verstaute sie in der Tasche.

„So, dann mal los. Ich bin gespannt, was in dem Umschlag ist.“

Zehn Minuten später saßen sie am Küchentisch. Jeder von ihnen hatte einen Becher Kaffee vor sich stehen. Die Waffe hatten sie samt Tasche unter der Spüle versteckt. Jan öffnete den Umschlag und brachte ein Bündel Geldscheine zum Vorschein.

„Mann, wie viel ist das denn?“, fragte Torsten.

Jan fächerte die Zweihundert-Euro-Scheine auf und schätzte grob.

„Denke, so zehntausend Euro.“

„Das ist ein Batzen Geld!“

„Das ist es“, antwortete Jan unbeeindruckt und holte den beiliegenden Zettel mit den Infos aus dem Umschlag. Er überflog die wenigen Zeilen und bemerkte, wie Torsten ihm an den Lippen klebte.

„Nun sag schon, was musst du machen?“

Jan schaute ihn ernst an.

„Das ist keine Schnitzeljagd, das wird ein Auftragsmord!“

„Ja, ja, ich weiß!“, drängte Torsten und riss ihm den Zettel aus den Händen.

„Das wird eine heikle Sache für dich“, stellte Torsten grübelnd fest. „Nicht, dass du die falsche Person erschießt.“ Er gab Jan den Zettel zurück. „Aber keine Panik, ich bin ja bei dir und werde auf dich aufpassen“, erklärte er und stand auf.

„Es wird Zeit, dass ich mit meinem Buch beginne.“ Torsten goss sich den restlichen Kaffee aus der Kanne ein und ging in die Stube.

Jan hatte plötzlich Hunger. Als er vorgestern das Bier geholt hatte, hatte er nicht weit vom Kiosk einen Bäcker gesehen. Von dort wollte er sich was zu essen holen, damit er endlich was in den Magen bekam.

Jan war auf der Treppe, als er Torsten aus der Stube rufen hörte: „Bring mir was vom Bäcker mit, wenn du hingehst!"

„Ja, mache ich", versprach Jan.

❖❖❖

Es war halb eins, als Jan sich auf den Weg zum Bäcker am Lappan machte.

Der Straßenverkehr hatte zugenommen. Unzählige Menschen strömten aus der Bank, an der er gerade vorbeiging. Die Angestellten hatten Mittagspause und wollten in der knapp bemessenen Zeit schnell einen Snack zu sich nehmen.

Auch beim Bäcker bildete sich eine lange Schlange und Jan stellte sich an. Vier Frauen hinter der Theke taten ihr Bestes, um die Kunden zufriedenzustellen.

Erst als er fast schon an der Reihe war, bemerkte er Ashley hinter dem Tresen. Er hatte sie in der weißen Schürze und mit dem Häubchen auf dem Kopf nicht gleich erkannt.

Jan beobachtete sie. Sie war flink, freundlich und ging mit den Leuten genauso locker um, wie sie es auch im ‚Bierfass' tat. Ashley bediente gerade eine ältere Frau und Jan belauschte ihr Gespräch.

„Sie möchten keine Mayonnaise drunter haben? Ich kann Ihnen auch gern ein Käsebrötchen mit Butter schmieren."

„Das wäre toll! Nein, bitte nicht so ein dunkles Brötchen."

„Mit Gurke, Tomate und Salat drauf?", fragte Ashley.

„Nein, ohne Tomate, die vertrage ich nicht, und wenn Sie die Gurkenscheiben bitte noch etwas dünner schneiden könnten …"

„Die Gurken sind aber schon fertig geschnitten", erklärte Ashley.

„Aber Sie werden doch wohl in der Lage sein, die Gurken noch einmal durchzuschneiden! Und wenn Sie gerade dabei sind, achten Sie bitte darauf, dass ich nicht das Weiße vom Salat mit draufbekomme. Sie können ja links und rechts das Grüne abschneiden."

Ashley verzog das Gesicht, dann schaute sie der Frau direkt in die Augen und fragte mit zuckersüßer Stimme: „Möchten

Sie, dass ich Ihnen das ganze belegte Brötchen noch vorkaue? Oder vielleicht nur die obere Hälfte, die ist krosser als die untere!" Die Frau ließ vor Entsetzen den Mund offen stehen.

Ashley blieb ungerührt und knallte der Frau den Teller mit Brötchen, Butter und den einzelnen Beilagen auf den Glastresen.

„Wissen Sie, am besten, Sie basteln sich Ihr Brötchen selbst zusammen!"

„Ich will sofort den Chef sprechen! Ich werde mich über Sie beschweren. So etwas muss ich mir nicht gefallen lassen."

Ashley sah die Kundin mit einem gewinnenden Lächeln an. „Nicht nötig. Ich gehe schon!"

Sie band sich die Schürze ab, nahm die Mütze vom Kopf und kam hinter dem Tresen hervor.

Jan trat aus der Schlange und flüsterte ihr zu: „Das war ein filmreifer Abgang!" Er bot ihr den Arm an und Ashley hakte sich bei ihm unter. Zusammen verließen sie die Bäckerei.

„Zur Feier des Tages lade ich dich zu einem Milchkaffee ein."

„Oh, wie himmlisch. Den kann ich jetzt gut gebrauchen", antwortete Ashley ausgelassen und schlug ihm das ‚Strohhalm' in der Wallstraße vor.

Jan, der keine Ahnung von den örtlichen Kneipen und Cafés hatte, war einverstanden.

Zehn Minuten später saßen sie vor dem ‚Strohhalm', einer gemütlichen Kneipe in der Wallstraße, und bestellten Milchkaffee und Käsebrötchen ohne Beilage.

„Mir scheint, dir macht es gar nichts aus, dass du gerade deinen Job geschmissen hast."

„Nö, war doch nur ein Job und wie du weißt, arbeite ich doch auch bei Rosi im ‚Bierfass'. Allerdings muss ich mir trotzdem wieder einen neuen Job suchen. Von einem Job allein kann ich nicht leben."

„Du bist unglaublich. Nimmst du alles so leicht?"

„Klar, warum nicht?" Ashley schaute ihn an, als gäbe es dazu keine Alternative. „Man lebt doch, um zufrieden zu sein. Das geht nur, wenn man nicht alles so schwernimmt."

„Du hast recht. Sag mal, wie kamen deine Eltern auf den Namen Ashley? Er ist recht ungewöhnlich."

„Das ist ganz einfach“, sagte sie und trank zum ersten Mal von ihrem Milchkaffee. „Es ist der Vorname der Großmutter meines Vaters, bei der er als Kind aufgewachsen ist. Mein Vater stammte aus New York und war hier in der Kaserne zu einem NATO-Übungsseminar. Er hatte meine Mutter kennengelernt, als er mit ein paar Kumpels durch die Kneipen gezogen war. Eigentlich sollte es kein One-Night-Stand werden, dennoch hat meine Mutter ihn gleich am ersten Abend mit zu sich nach Hause genommen, na ja, und da bin ich entstanden ... Sie konnte nicht ahnen, dass sie sich nie wiedersehen würden.“

„Was ist passiert?“, fragte Jan neugierig.

„Mein Vater hatte ein Flaggenzeichen-Seminar für Schützenpanzer auf dem Gelände der Kaserne gegeben. Leider hatte er die Zeichen für ‚Stopp‘ und ‚Gas geben‘ verwechselt. Doch bevor er die Flaggenzeichen korrigieren konnte, wurde er vom Panzer überfahren und war mausetot.“

Ashley holte tief Luft. „Meine Mutter hat mir das später alles erzählt.“

„Na, besser als hätte sie erzählt: Dein Vater stieg eines Abends aus dem Bett, flüsterte mir leise ins Ohr, dass er nur schnell Zigaretten kaufen wolle. Ich habe eine Woche lang sämtliche Automaten, Kioske und Tankstellen abgesucht, aber ich konnte ihn nicht finden.“

„Ganz genau“, bestätigte Ashley.

„Sag mal, was machst du eigentlich hier?“, wechselte Ashley das Thema.

„Ich habe ein Haus geerbt und muss mich noch eine Weile um den Nachlass meines toten Vaters kümmern.“ Die wenigen Informationen mussten Ashley fürs Erste reichen.

„Tut mir leid, ich hoffe, dein Vater hat nicht lange gelitten.“

„Keine Ahnung, ich war nicht dabei. Um ehrlich zu sein, wir hatten in den letzten Jahren kein Kontakt mehr zueinander.“

Ashley nickte nur. Ihr war es offensichtlich peinlich, an Wunden zu rühren, von denen sie nichts wusste.

„Tut mir leid, ich wollte keine alten ...“

„Schon gut“, winkte Jan ab.

Und wieder verstand es Ashley, ohne Übergang das Gespräch in eine andere Richtung zu lenken.

„Weißt du, ich muss immer an Torsten denken, und überlege die ganze Zeit, wo er wohl abgeblieben ist. Wenn ich ehrlich bin, habe ich sogar schon ein paar Brücken abgefahren, doch ich habe ihn nicht finden können."

„Torsten ist bei mir untergekommen. Und stell dir vor, er schreibt gerade an seinem ersten Buch."

„Weißt du Näheres?"

„Nein, aber wenn er es will, wird Torsten es jedem erzählen, ob der es hören will oder nicht", lachte Jan und Ashley nickte wissend. Plötzlich wurde sie nachdenklich.

„Dann muss ich mir nur noch Sorgen um Rosi machen", flüsterte sie vor sich hin. Jan hätte sie fast nicht verstanden.

„Was ist mit Rosi?", fragte er nach.

„In einer Woche will Kostolowski, ihr Miethai, die nächste Pacht haben. Aber er erhöht sie von Monat zu Monat. Die Summe kann Rosi nicht mehr aufbringen."

„Torsten hat mal so was angedeutet."

„Er zielt nur darauf ab, Rosi rauszuschmeißen, um das ‚Bierfass' endlich abreißen zu können."

„Hört sich nicht gut an."

„Das ist es auch nicht."

Ashley wurde unruhig und schaute auf die Uhr. „Ich muss dann auch mal los", sagte sie.

„Soll ich dich noch ein Stück begleiten?", fragte Jan und hoffte auf ihre Zustimmung.

Doch Ashley schüttelte den Kopf und zeigte die Wallstraße hinunter. „Ich wohne gleich dort hinten in einer kleinen Dachgeschosswohnung und habe das ganze Dach des tieferen Nebengebäudes für mich. Es ist wunderschön und ich kann, wenn ich will, den Leuten von oben auf den Kopf spucken, ohne dass sie mich sehen."

Ashley bemerkte, wie er sie verwirrt ansah. „Beim nächsten Mal zeige ich sie dir, versprochen!"

„Das wäre schön", sagte Jan und gab ihr zum Abschied die Hand.

„Meinst du, ich könnte auch mal unbemerkt, von oben ... du weißt schon. "

„Versprochen. Aber jetzt muss ich mich noch ein bisschen aufs Ohr legen, bevor meine Schicht bei Rosi anfängt. Wir sehen uns also demnächst im ‚Bierfass'? Bring Torsten mit!", sagte sie und ging.

Auch Jan machte sich auf den Weg nach Hause. Als er beim Bäcker am Lappan vorbeikam, fiel ihm ein, dass er Torsten versprochen hatte, ihm etwas mitzubringen.

Erneut betrat er den Bäcker.

❖ ❖ ❖

Jan kam nach Hause, von Torsten keine Spur. Er legte die Brötchen und den Kuchen auf dem Küchentisch ab. Jan wollte sich gerade in die Stube begeben, um auf dem Sofa etwas abzuhängen, als er sah, dass das Fenster offen stand. Er ging hin, um es zu schließen. Dabei schaute er nach unten in den Garten und entdeckte Torsten, wie er durch das meterhohe Gebüsch kroch.

„Was machst du denn da?", rief er von oben hinunter.

Torsten schaute überrascht zum Fenster hoch und winkte ihm mit einem Besenstiel zu.

„Wollte nur mal wissen, wie die Sicht ist, wenn man durchs Gebüsch schaut. Klasse Gewehr, was?", grinste Torsten und zeigte auf den Besenstiel.

„Komm hoch, habe dir was zu essen mitgebracht."

Torsten warf den Besenstiel achtlos ins Gras und stand auf.

Wenig später schlich Torsten, beladen mit einem Tablett belegter Brötchen, in die Stube. Jan sah ihm auf dem Sofa liegend beim Essen zu.

„Was hatte deine Forschung denn für einen Sinn?", fragte Jan ohne großes Interesse.

„Ich wollte ein paar Studien machen. Das Gestrüpp kommt dem Schilf am Woltsee recht nahe, und da dachte ich mir, ich könnte dir mit ein paar Zusatzinformationen zum Thema ‚Schießen durch dichtes Gestrüpp' behilflich sein."

„Und was hast du herausgefunden?"

„Wenn man den Wind noch mit hinzuberechnet, würde ich sagen, man braucht ein geschultes Auge, eine ruhige Hand und etwas Erfahrung, um sein Ziel genau zu treffen."

„Prima, dann bin ich ja die richtige Person für den nächsten Auftrag", freute sich Jan in gespielter Heiterkeit.

Er drehte sich um, zog eine Wolldecke bis zum Kinn hoch und wies Torsten an, ihn in zwei Stunden zu wecken.

Torsten versprach es und verschwand aus der Stube. Das Tablett mit dem schmutzigen Geschirr ließ er stehen, und für den Bruchteil einer Sekunde glaubte Jan, Rosis mahnende Stimme zu hören.

❖❖❖

„Bist du dir sicher?", fragte Jan hinter dem Steuer seines Mercedes sitzend und schaute zu Torsten, der nickend auf der Beifahrerseite saß.

„Ja, bin mir sicher!"

„So wie eben?", stichelte Jan und vermied es, ihm noch einmal vor Augen zu führen, dass er vor zehn Minuten bereits behauptet hatte, dass sie nach links abbiegen müssten.

Jan hatte Zweifel gehegt, dass der kaum befahrbare Feldweg tatsächlich zum Woltsee führte. Erst als der Weg am Rande eines Waldes endete und sie direkt unter einem Hochstand zum Stehen kamen, hatte Torsten zugegeben, sich geirrt zu haben.

„Also jetzt nach links?", fragte Jan sicherheitshalber nach und fügte versöhnlich hinzu: „Ich habe auch eine Karte im Kofferraum!"

„Nicht nötig! Schließlich komme ich aus der Gegend und du nicht."

„Stimmt", sagte Jan.

Er war viel zu angespannt, um mit Torsten eine Diskussion anzufangen. Sie mussten den See noch vor Einbruch der Nacht erreichen, und im Moment sahen die Chancen dafür noch ganz gut aus.

Jan bog von der Landstraße nach links ab. Die Straße war geteert und eine eindeutige Verbesserung zum holprigen Feldweg des ersten Versuchs.

Nach ein paar Hundert Metern jedoch zeichnete sich eine erneute Niederlage für Torstens Orientierungssinn ab. Jan fuhr weiter.

Der Weg führte geradewegs auf einen Bauernhof. Jan hielt sicherheitshalber den Mund und beschloss, auf dem Hof einfach umzudrehen. Doch kaum setzte Jan vor einem Kuhstall zu einem Wendemanöver an, sahen sie eine alte Frau aus dem Stall kommen, die ihre schmale Hand in die Luft hob und sie zum Anhalten zwang.

Sie wischte sich die Hände an ihrer Schürze ab. Dann zog sie ihre Gummistiefel aus und schlüpfte in ein Paar Holzpantoffeln.

Torsten öffnete die Beifahrertür und stieg aus. „Tut mir leid, wenn wir Sie gestört haben."

„Ach was", sagte sie. „Was wollen Sie denn kaufen?"

Sie zeigte zu einem flachen Holzhäuschen, über dessen Tür das Schild „Friederikes Hofladen" stand.

„Eigentlich nichts. Wir haben uns nur verfahren", erklärte Torsten ihr.

Das Gesicht der Frau wurde ernst. „Sie wollen nichts kaufen? Sie dringen hier einfach auf dem Hof ein und erzählen mir, dass Sie nichts kaufen wollen?"

„Ja, wir haben uns nur verfahren!" Torsten trat einen Schritt näher ans Auto heran und umklammerte mit der Hand den Griff der Beifahrertür.

„Wissen Sie, wie schwer es ist, ein Schwein zu schlachten und es zu verarbeiten? Das dauert einen ganzen Tag, macht eine Heidensauerei. Haben Sie schon einmal Wurst gekocht?"

Torsten schüttelte eingeschüchtert den Kopf.

„Sehen Sie, und an das Einkochen von Marmelade gar nicht zu denken. Ach, und wenn Sie glauben, dass die Hühner ihre Eier so einfach in Reihe und Glied ablegen, haben Sie sich mächtig getäuscht. Die Viecher legen sie weiß Gott wo ab. Und jetzt wollen Sie mir sagen, dass Ihnen das alles egal ist? Wollen mir weismachen, dass es Sie nicht die Bohne interessiert, dass ich mich hier Tag für Tag abrackere, nur damit die Städter mal ordentliches Essen vom Land bekommen?"

„Ich wollte Sie nicht beleidigen", beteuerte Torsten.

„Das ist gut, denn dann wäre nicht nur ich, sondern auch mein Hasso sehr wütend!"

Kaum hatte sie den Namen erwähnt, kam eine schwarze Bulldogge um den Stall gerannt und stellte sich bei Fuß neben sein Frauchen.

Es sah nicht gut aus für Torsten. Hilfesuchend drehte er

sich zu Jan um, der, im Auto sitzend, keine Miene verzog und nicht im Traum daran zu denken schien, ihm aus der Klemme zu helfen.

Torsten folgte der Frau und dem Hund wie unter Hypnose in den Hofladen, und als sie nach einer Viertelstunde endlich den ersehnten Rückweg antraten, lagen im Kofferraum zwei Gläser Leberwurst, drei Salami, vier Gläser Quittengelee und drei Packungen Eier von glücklichen, wild legenden Hühnern.

Als sie zum dritten Mal links abbogen, brachte sie der Weg endlich zum Woltsee. Jan ließ den Wagen auf einem Parkplatz stehen. Dort stand nur noch ein Wohnwagen, vermutlich der seines Opfers. Sein Auftraggeber hatte ihn beschrieben.

Als Jan aus den Wagen stieg, dämmerte es langsam. Es war der perfekte Moment, um den Auftrag am See auszuführen.

Eine merkwürdige Idee für eine Feier am Hochzeitstag, dachte Jan. Der Geschäftsmann, dessen Frau er erledigen sollte, hatte sich für ihren Tod eine eigenartige Szenerie ausgedacht. Eine unbekümmerte Fahrt auf dem Woltsee, ein kleines Picknick und dann ein Schuss vom Ufer aus …

Jan sah, wie Torsten das Gesicht verzog.

„Was ist denn mit dir los?“, wollte er wissen.

„Hast du was dagegen, wenn ich hierbleibe?“

„Ich werde dich nicht zwingen. Du kannst machen, was du willst.“

„Gut, dann werde ich hier die Augen offen halten und dich warnen, sollte hier zufällig eine Polizeistreife auftauchen. Ach, und denk daran: Wenn du dein Opfer direkt im Visier hast, ziele etwas tiefer, wegen des Verziehens durch den Rückstoß.“

„Gut, ich werde daran denken“, antwortete Jan, nahm die Reisetasche mit dem Gewehr und machte sich auf den Weg.

Jan versuchte, sich vorsichtig dem See zu nähern. Er nahm die schilfbewachsene Seite. An einer geschützten Stelle legte er die Tasche ab, nahm ein Fernglas heraus und suchte die Umgebung nach Anglern, Campern und Spaziergängern ab. Ein frischer, warmer Wind wehte ihm um die Nase. Bei einer anderen Gelegenheit, zu einem anderen Zeitpunkt, hätte er den ruhig daliegenden See genießen können, doch jetzt musste er sich auf sein Opfer konzentrieren. Er suchte den See nach dem

Boot ab und fand es gleich. Er erkannte zwei Personen. Der Mann ruderte das Boot langsam über den See.

Seine Frau saß ihm gegenüber. Zwischen ihnen auf der Sitzbank leuchtete ein Licht. Es war eine Kerze, die auf einem Tablett mit Essen stand.

Wie romantisch, dachte Jan und kniete sich, das Gewehr im Anschlag, auf einen umgefallenen Baumstumpf. Er richtete das Visier auf die Frau und folgte der Bewegung des Bootes. Er hatte zwei Schuss, die, dank des Schalldämpfers, den er angeschraubt hatte, niemand hören würde.

Zwei Schuss, höchstens, und die Sache wäre erledigt. Jan staunte, wie kühl er diesmal die Sache anging. Konnte man sich tatsächlich daran gewöhnen, Menschen einfach so zu erschießen?

Er konnte diese Frage nicht beantworten – bis jetzt hatte er noch keinen Menschen erschossen.

Plötzlich hörte Jan die Hupe seines Mercedes. Wollte Torsten ihn warnen? Bewegte sich eine Polizeistreife auf den Parkplatz zu?

Jan überlegte nicht lange.

Er drückte ab. Einmal, zweimal.

Das Boot begann zu schaukeln. Das Licht zwischen den beiden Leuten erlosch. Die Frau sprang von ihrem Sitzplatz, reckte die Arme in die Luft als bat sie die himmlischen Heerscharen um Beistand, und fiel seitlich ins Wasser.

Jan hatte sie getroffen, es konnte nicht anders sein. Dennoch stellte sich kein euphorisches Gefühl ein. Im Gegenteil. Ohne Vorwarnung meldete sich sein Magen. Krämpfe breiteten sich im Bauchraum aus. Dann musste er sich übergeben. Notdürftig säuberte er sich und machte sich aus dem Staub. Mit einem Schwindelgefühl und einem sauren Geschmack im Mund lief er auf das Auto zu.

Torsten saß noch im Wagen und hatte die Fahrertür offen gelassen. Jan warf die Tasche auf die Rückbank, stieg ein und startete den Wagen.

5.

Jan hatte einen unruhigen Schlaf. Er sah sich mit Torsten in seinem Mercedes sitzen. Hinter ihnen tauchten Polizeiwagen mit eingeschaltetem Blaulicht und Sirene auf.

Torsten beschoss die Polizei durch die Heckscheibe und rief:

„Ihr bekommt uns nicht. Ich lass mir von euch doch nicht meinen Bestseller versauen!"

Dann sah sich Jan in seinem Haus, umgeben von Heckenschützen, die sich auf den Dächern der Nachbarhäuser postiert hatten.

Und wieder war es Torsten, der sich mit der Staatsgewalt anlegte. Er stand mit dem angeschalteten Laptop auf dem Dach gegenüber und rief ihnen zu:

„Hier, seht ihr den Text? Wisst ihr, wie viel Mühe mir das gemacht hat? Ich lass mir das nicht von euch zerstören. Wenn ihr Jan festnehmt, bleibt mein Buch unvollendet."

Eine schwarze Bulldogge stand zu seinen Füßen und bellte die Scharfschützen mit fletschenden Zähnen an.

Dann sah Jan, wie Männer eines Sondereinsatzkommandos ins Haus eindrangen, die Zimmer durchsuchten. Sie klopften gegen eine Tür und riefen seinen Namen.

„Jan, wach auf!", hörte er jemanden rufen, doch es war keine Stimme aus dem Traum. Schweißgebadet schreckte er auf.

„Mensch, nun mach schon!" Torstens Stimme drang nur langsam in sein Gehirn.

Jan wischte sich den Schweiß von der Stirn und stieg aus dem Bett. Mit Hemd und Unterhose bekleidet ging er zur Tür.

„Was ist denn los?", fragte er Torsten, der aufgeregt mit dem Daumen zur Treppe zeigte.

„Da sind Leute unten, die faseln was von Auftrag. Sie wollen irgendetwas in den unteren leeren Räumen machen."

Jan verstand kein Wort, zog sich eine Hose an und schlüpfte in einen dünnen Pullover.

„Was für Leute?", fragte er, als er mit Torsten gemeinsam die Treppe runterging.

„Keine Ahnung. Ist ja auch nicht mein Haus."

Als Jan an die Wohnungstür kam, begrüßte ihn eine Frau mit einem freundlichen Lächeln und tippte auf das Klemmbrett, das sie unter ihrer wohl geformten Brust an den Bauch drückte. Sie hatte langes dunkles Haar, das sie leider eng nach hinten gekämmt und zu einem Zopf gebunden hatte. Er verlieh ihr eine Strenge, die ihr nicht stand.

Jan beschloss vorsichtig zu sein. Wer hatte sie geschickt und was war ihr Auftrag? Er hatte die Frau noch nie gesehen.

Sie hielt einen Kuli in der Hand und für einen Moment dachte er darüber nach, ob die Frau ihn mit einer vergifteten Kulimine töten wollte, doch es war tatsächlich nur ein Kuli, keine geheime Waffe. Hinter der Frau standen vier echt aussehende Möbelpacker an einem LKW gelehnt, die über die Verzögerung keineswegs böse waren. Sie unterhielten sich und rauchten.

Dann entdeckte er drei weitere Männer in weißen Klamotten. Nach dem Schriftzug auf ihrem Kleintransporter zu urteilen, waren sie von einer Malerfirma.

Torsten drängelte sich an Jan vorbei nach draußen.

„Sieht mir ganz nach einer kompletten Haussanierung aus. Ich geh dann mal in ein Bistro, um zu schreiben. Es wird auch Zeit, Rosi mal wieder einen Besuch abzustatten."

„Ist gut!", rief Jan ihm nach, dann wandte er sich wieder der Frau zu.

Als sie sich versichert hatte, dass er wirklich Jan Petersen sei, schritt sie in einem herrschaftlichen Gang an ihm vorbei, pfiff die Männer zu sich, die augenblicklich ihre Kippen auf den Boden warfen, die Gespräche einstellten und ihr ins Haus folgten. Sie verteilte die Arbeit an die Männer, ohne ihren Blick vom Klemmbrett zu nehmen.

In weniger als zehn Minuten fingen die Männer an zu hämmern, zu bohren und zu sägen. Fast hätte Jan bei all dem Lärm das Klingeln des Telefons überhört.

„Wie ich höre, sind die Einsatzkräfte bereits eingetroffen", hörte er seinen Auftraggeber kichern. Ein Kichern, das Jan zu hassen begann.

„Das haben Sie Ihrem erfolgreichen Einsatz gestern Abend zu verdanken. Eines müssen Sie mir doch endlich mal verraten. Wie schaffen Sie es eigentlich immer, ihre Opfer ohne ein Gramm Blei zu hinterlassen?"

„Ist wohl mein Markenzeichen", antwortete Jan kühl.

„Geben Sie es zu. Sie wussten, dass die Frau nicht schwimmen konnte, darum hat es Ihnen gereicht, das Boot mit ein paar Löchern zu versehen. Echt clever!"

Jan schwieg, er wollte den Mann am Telefon nur loswerden.

„So, aber nun zum Geschäft. Ich habe Ihnen an unserer alten Stelle in Ihrer Garage drei weitere Umschläge deponiert. Sie sind in Reihenfolge nummeriert und mit dem Ausführungsdatum versehen. Den nächsten Umschlag sollten Sie allerdings in den nächsten zwei Stunden öffnen. Wenn Sie den Auftrag lesen, wissen Sie warum."

Ehe Jan etwas sagen konnte, fuhr der Mann in sachlichem Ton fort.

„Die Waffen möchte ich Ihnen im Übrigen schenken. So, und das soll es jetzt auch von meiner Seite aus gewesen sein. Ich hoffe, die Arbeiten im Haus werden bis heute Abend abgeschlossen sein. Die Möbel, wie Sie wissen, gehören mit zum Teil des Testaments Ihres Vaters. Passen Sie gut darauf auf.

Zur Sicherheit habe ich zu Lebzeiten Ihres Vaters per Vertrag, der in einem Bankschließfach liegt, festgehalten, dass die Möbel in den nächsten zwanzig Jahren nicht verkauft werden dürfen. Es war zu seiner eigenen Sicherheit, damit er sie nicht einfach zu Geld machen konnte, um Spielschulden damit zu bezahlen.

Ich wünsche Ihnen eine sichere Hand bei der Ausführung der letzten drei Aufträge und verspreche Ihnen, wenn alles glattläuft, dass ich mich nicht mehr bei Ihnen melden werde. Sie können also schon anfangen, mich zu vergessen."

Das Letzte, was Jan von dem Mann hörte, bevor er auflegte, war sein Lachen.

❖❖❖

Jan schritt durch eine Wolke aus Staub, Putz und Farbdämpfen nach draußen. Er wollte die drei Umschläge mit den Aufträgen lieber reinholen, bevor einer der Arbeiter sie zufällig entdecken würde.

Dann ging Jan in die Stube zurück und setzte sich in einen Sessel. Die Umschläge legte er auf den Tisch.

Er war unschlüssig, ob er sie wirklich öffnen sollte. Zweimal war er durch viel Glück davongekommen – zweimal hatte er es geschafft, keinen Menschen umzubringen. Es würde nicht dabei bleiben, dachte er still bei sich. Er könnte die Umschläge zur Polizei bringen, doch wie würden die Beamten reagieren?

Jan ging zur Treppe und schaute auf das geschäftige Treiben unten im Haus. Die ersten antiken Schränke wurden ins Haus getragen. Hatte sein Vater diese alten, sperrigen Möbel einfach nur gesammelt, weil sie ihm gefielen? Die Antiquitäten bildeten einen großen Kontrast zu der modernen Küche hier oben. Das Schlafzimmer und das Gästezimmer waren eher durchschnittlich eingerichtet. Einzig die Stube strahlte eine gemütliche Atmosphäre aus.

Jan ging zurück in die Stube. Er versteckte zwei der Umschläge im Bücherregal hinter einer Gesamtausgabe von Fitzgerald.

Dann ging er in die Küche. Es war schon so etwas wie Tradition, die Umschläge dort zu öffnen. Nur diesmal war Torsten nicht dabei.

Jan drehte den Umschlag in den Händen, als wolle er damit jonglieren.

Er riss den Umschlag auf. Wieder war es die gleiche Geldsumme wie beim ersten Auftrag. Doch diesmal enthielt der Umschlag keine mit der Maschine getippten Anweisungen seines Auftraggebers, sondern einen Brief, der direkt an den Mörder gerichtet war.

Mein Name tut nichts zur Sache, nur so viel, ich bin der verzweifelte Manager einer leider erfolglosen Autorin, die zu meinem Unglück in der Blüte ihres Lebens mit vierundachtzig Jahren plötzlich an einer unheilbaren Krankheit leidet.

Dennoch hat ein verzweifelter Geistesblitz von mir Besitz ergriffen, der mich und meine Künstlerin hoffen lässt, zu dem Ruhm zu kommen, der uns all die Jahrzehnte verwehrt blieb.

Unter einem Feuerwerk von Inspiration hat die Autorin einen letzten, herzergreifenden Roman voller Liebe, Lust und geheimnisvoller Magie aufs Papier gebracht.

Doch man wird ihr großes Talent erneut nicht würdigen, wenn nicht etwas Außergewöhnliches passiert.

Ganze Nächte habe ich kein Auge zugetan, darüber nachgedacht, was zu tun sei, damit die Leser, die Garanten ihres noch verborgenen Erfolgs, den Erstverkaufstag des neuen Buches herbeisehnen.

Plötzlich sah ich die Bilder in meinen Tagträumen.

Ich sah meine Autorin auf dem Boden ihres Arbeitszimmers liegen, in ihrer Hand ein blutbespritztes Manuskript. Die Welt wird sich fragen, welches Geheimnis das Buch verbirgt, für dessen Veröffentlichung sie so qualvoll mit dem Leben bezahlen musste.

Sie sehen, es bleibt uns nur ein Weg, wenn ich nicht am Bettelstab gehen will und meine Autorin stirbt, ohne je ein einziges Buch verkauft zu haben.

Bitte töten Sie das Liebste, was ich habe, meine Autorin.

Ich erwarte Ihren Anruf genau um 15 Uhr. Lassen Sie das Telefon zweimal läuten für Ihre Zustimmung und dreimal, wenn Sie eine Autorin so sinnlos eines natürlichen Todes sterben lassen wollen.

Für den Fall, dass Sie uns helfen, lassen wir die Balkontür zum Arbeitszimmer auf der Rückseite des Hauses offen.

Sie werden Ihr Opfer nicht verfehlen können.

Tel.: 017489 …

Adieu!

Jan hätte den ganzen Brief für einen schlechten Scherz halten können, aber er wusste nicht erst seit diesem Mordauftrag, dass Künstler eher zu der exzentrischen Sorte Menschen gehörten, bei der alles möglich war.

Torsten würde sich über den Brief köstlich amüsieren.

Plötzlich klingelte das Telefon.

Jan ging widerwillig nach unten und nahm den Hörer ab.

„Es wäre gut, wenn du ins ‚Bierfass‘ kommen könntest“, hörte er Torstens Stimme.

„Was ist denn passiert?“

„Rosis Miethai war wieder da. Er hat mal wieder die Pacht erhöht.“

„Das darf er doch nicht einfach.“

„Doch, bei Knebelverträgen mit interessantem Kleingedruckten geht das. Kommst du?“

„Bin unterwegs!“

Jan zog sich eine Jacke an, steckte den Auftrag des Managers in die Tasche und verließ das Haus. Dabei überreichte er der Oberaufseherin der Handwerker den Haustürschlüssel.

„Werfen Sie ihn in die Vertiefung unter dem Fußabtreter vor der Tür, ich angle ihn mir dann selber raus.“

Sie nickte.

„Wird gemacht!“

❖❖❖

Es war eine seltsame, bedrückende Stimmung, als Jan das ‚Bierfass‘ betrat. Torsten saß an seinem Stammplatz, stützte den Kopf auf beide Arme und machte ein zerknirschtes Gesicht.

Ashley stand hinter der Theke. Von Rosi keine Spur.

Jan ging zu Ashley, die ständig eine Flasche ins Spülwasser hielt.

„Was machst du da?“

„Ich löse die Etiketten von den Wein- und Likörflaschen. Wie du sicher weißt, gehört Papier und Altglas nicht in denselben Container.“

Jan nickte.

„Da hast du völlig recht.“

Dann sah er Rosi in der Küche am Ofen stehen. Als er eintrat, räusperte er sich. Er sah, dass sie geweint hatte, und wollte ihr die Chance geben, sich die Tränen unbemerkt aus dem Gesicht zu wischen.

Rosi drehte sich um und versuchte sich an einem strahlenden Lächeln.

„Jan! Wir haben uns ja schon lange nicht mehr gesehen.“

„Ja, ich habe in der Zwischenzeit Lesen und Schreiben gelernt und muss keine Windeln mehr tragen“, versuchte er zu scherzen.

„Wie macht sich Torsten bei dir? Ich hoffe, er steht dir nicht nur im Weg herum und schreibt an seinem Buch. Sei so gut und kontrolliere doch sein Manuskript auf Rechtschreibfehler, er soll sich nicht gleich beim ersten Buch blamieren.“

„Torsten ist doch kein kleines Kind mehr, und außerdem gibt es Korrekturprogramme und Verlagslektoren.“

„Ich weiß", entgegnete Rosi.

„Was ist denn eigentlich los? Torsten hat angerufen. Dein Vermieter war wieder da?"

„Ach, Torsten, die alte Petze!", schimpfte Rosi, ohne die Stimme zu erheben.

„Erzähl schon, oder muss ich dir jedes Wort einzeln aus der Nase ziehen?"

„He, eigentlich bin ich für solche Sprüche zuständig."

„Jedem steht mal eine Auszeit zu", konterte Jan.

„Also, was ist geschehen?"

Rosi setzte sich an den Tisch und spielte mit einer Serviette. Es schien ihr peinlich zu sein, Jan ihr Leid klagen zu müssen. Aber Torsten hatte es schon herausposaunt, und so konnte sie ihm auch die ganze Angelegenheit darlegen.

Rosi holte tief Luft.

„Anfangs hatte er ja noch Verständnis gezeigt, aber jetzt setzt er mich nur noch unter Druck."

„Was steht denn im Vertrag?"

„Unter anderem, dass er jederzeit die Pacht erhöhen darf. Ich habe damals den Vertrag nicht richtig gelesen, habe ihm vertraut. So, nun weißt du es!"

„Aber das ist ein Knebelvertrag! Aus dem Vertrag kommst du raus", erklärte Jan ihr hoffnungsvoll.

„Klar, und im Eversten-Holz laufen Einhörner frei herum! Vergiss es!" Rosi stöhnte resigniert auf.

„Was glaubst du? Er wird jeden Widerstand von mir im Keim ersticken, und wenn er mir die Bude unter den Füßen wegreißt. Er wird zu seinem Ziel kommen, so oder so."

Jan kam Rosis aussichtslose Lage irgendwie bekannt vor. Auch er hatte sich in etwas hineinmanövriert, aus dem es kein Zurück mehr gab.

„Wann will er das Geld denn haben?", wollte Jan wissen.

„Am Sonntag, 15 Uhr. Glaub mir, er wird pünktlich sein", antwortete Rosi und zerknüllte die Serviette in der Hand.

„Vielleicht fällt mir was ein", versuchte er Rosi zu beruhigen. Er wusste schon, wie er ihr helfen könnte, doch davon sagte er ihr lieber nichts.

Jan schaute zum Tresen.

„Ich glaube, du solltest dich jetzt mal um Ashley kümmern,

bevor sie beginnt, die Etikettenstapel einzeln zu bündeln“, grinste Jan und stand auf.

Rosi ging in die Gaststube.

„Ashley, hast du dich schon um einen Zweitjob gekümmert?“

„Ja. Morgen fange ich in einer Buchhandlung an der Kasse an – zur Probe.“

„Gut, dann verteil jetzt bitte die Abendkarten auf die Tische.“

Jan ging zu Torsten, der wie ein Wilder auf die Tastatur seines Computers einhämmerte.

„Kommst du gut voran?“, wollte Jan wissen.

Torsten hob den Kopf. Er hatte ihm nicht zugehört. Statt zu antworten, fragte er:

„Sind die Sanierungsarbeiten bald abgeschlossen?“

„Ich denke, heute Abend.“

„Was ist, können wir Rosi irgendwie helfen?“

Jan nickte.

„Ja, ich habe schon eine Idee!“

Torsten lächelte.

„Du denkst an das Geld, das du für die Aufträge bekommst?“

„Du bist ein schlauer Bursche.“

Rosi unterbrach ihr Gespräch, als sie mit zwei extra großen Frust-Schnitzeln ankam und ihnen erklärte, dass das Essen auf Rechnung des Hauses ging. Auch die Getränke waren für sie frei.

Jan trank ein Bier, dann stieg er auf Cola um.

„Sag nicht, du musst heute noch weg.“

„Doch, muss ich.“

Jan schaute auf die Uhr über der Eingangstür.

„Ich werde mal telefonieren. Wenn das erledigt ist, muss ich los.“

„Gut, ich begleite dich und halte die Augen auf.“

„Du willst nur wieder die Hupe betätigen“, neckte ihn Jan.

„Da war ein Knacken im Waldstück neben dem Parkplatz. Immerhin hätte es ja auch ein Förster gewesen sein können. Ich wollte nur auf Nummer sicher gehen.“

„Ist schon gut, ich wollte dich doch nur damit aufziehen.“

„Ja, danke, alter Freund“, brummte Torsten.

Um genau 15 Uhr Jan stand auf und ging zum alten Münztelefon neben dem Tresen. Während er es zweimal klingeln ließ, fühlte er sich kurz ins letzte Jahrhundert versetzt. In die Zeit, in der es noch keine Handys gab. Er wünschte sich, dass Rosi das Telefon mit Wählscheibe nie ersetzen würde.

Nach dem zweiten Klingeln legte er wieder auf und ging zu Torsten zurück, der seine Sachen zusammenpackte.

„Dann lass uns mal gehen“, drängte Jan und verabschiedete sich winkend von Rosi und Ashley.

❖❖❖

Rosi ging in ihr Zimmer. Es war recht praktisch eingerichtet. Ein Kleiderschrank, ein kleines Regal mit Nippes und ein paar Schmöker auf dem Nachtschränkchen neben dem Bett, die sie abends kurz vor dem Einschlafen las. Ein Fernseher stand auf einer Vitrine. Mehr brauchte sie nicht. Der Laden war ihr Zuhause. Das Geschäft nahm ihr Leben ein, so wie schon ihre Eltern ihr Leben lang für das ‚Bierfass‘ gearbeitet hatten. Wie sie, war auch Rosi nie im Urlaub gewesen, auch wenn sie oft von einem Urlaub am Mittelmeer geträumt hatte.

Einmal, vor ein paar Jahren, als sie jemanden kennengelernt hatte und sich verliebte, war sie kurz davor, alles hinzuschmeißen, ein neues Leben anzufangen. Doch sie hatte es nicht übers Herz gebracht, und er hatte es nicht von ihr verlangt.

Rosi kniete sich hin und zog zwei Kartons unter dem Bett hervor. Nach der letzten Auseinandersetzung mit Kostolowski war es Zeit, gewisse Sachen vor ihm in Sicherheit zu bringen.

Die Kartons waren schwer, sie würde zweimal gehen müssen. Und so schnappte sie sich den ersten Karton und ging in den Keller. Sie schleppte ihn an den Weinregalen vorbei und setzte ihn an der hinteren Wand des Kellers ab. Dann holte sie einen Schlüssel aus der Schürze und schloss eine alte Stahltür auf.

Sie schaltete das Licht an. Eine alte Glühbirne hing an einem Kabel lose von der Decke und tauchte die kahlen Wände des ehemaligen Luftschutzbunkers in ein dämmriges Licht.

Als Kind war sie oft hier unten gewesen und hatte all die Dinge, von denen ihre Eltern nichts wissen durften, versteckt. Schon als sie zehn Jahre alt gewesen war, hatte ihr ein Stammgast ein Radio geschenkt. Rosis größter Schatz – den sie verstecken musste, denn ihre Eltern hatten nichts geduldet, was sie vom Lernen abhalten konnte. Allerdings hatte das gelegentliche Aushelfen im ‚Bierfass' nicht dazugehört.

Rosi stellte den Karton ab und holte den nächsten.

Sie war sich nicht sicher, ob sie das Richtige tat. Irgendwie gehörten die Sachen hier zu ihrem Leben, aber es gab jemanden, der ebenso ein Recht hatte, von ihrer Existenz zu wissen.

Vielleicht würde sie die Dinge zum passenden Zeitpunkt aus den Händen geben, doch jetzt war es noch nicht so weit. Jetzt galt es, sie erst einmal vor Kostolowskis Zugriff in Sicherheit zu bringen. Er konnte im Ernstfall unberechenbar werden, Rosi kannte ihn zu gut. Deshalb wusste sie auch, dass es Kostolowski letztendlich bei der ständigen Pachterhöhung nicht ums Geld ging. Es ging ihm wie immer nur um Macht, er wollte Rosi in die Knie zwingen. So machte er es immer, wenn man sich ihm in den Weg stellte.

So nett Rosi Jan und Torstens Einsatz heute auch gefunden hatte, davon hatte sie ihnen nichts erzählt. Warum sie unnötig in etwas hineinziehen, das sie nichts anging?

Rosi schloss die Stahltür zu und ging nach oben.

Im ‚Bierfass' saß der erste Gast an der Theke.

„Bist heute ein bisschen früh dran, was?"

Der Mann nickte.

„Ashley wollte mir noch nichts geben und ich habe mich nicht getraut, selbst Hand an den Zapfhahn zu legen", grinste er.

„Dein Glück", antwortete Rosi. „Dann wäre ich sofort in die Küche gegangen, hätte das größte und schärfste Messer geholt und dir die Hände abgehackt." Sie ließ Bier ins Glas fließen.

„Hatte mir schon so etwas in der Richtung gedacht", antwortete er und wandte sich an Ashley:

„Du musst mächtig aufpassen, deine Chefin ist mit allen Wassern gewaschen."

Schön wäre es, dachte Rosi bei sich und stellte ihrem ersten Gast ein frisch gezapftes Bier auf den Tresen.

❖❖❖

Jan traute seinen Augen kaum, als er mit Torsten vor dem Haus seines Vaters stand. Die Außenfassade hatte einen neuen Anstrich bekommen, und die defekten Fenster waren durch neue ersetzt.

Jan angelte den Haustürschlüssel aus der Vertiefung unter dem Fußabstreifer und schloss auf.

„Das sieht ja aus wie in einem Museum", staunte Torsten und ging durch die unteren Zimmer. Jan folgte ihm.

Sie durchstreiften ein Schlafzimmer, das komplett mit Jugendstilmöbeln eingerichtet war. Eine weitere Stube, ohne Kamin, dafür mit schweren, dunklen Gründerzeitmöbeln, ließ in beiden die Illusion aufkommen, dass sie gerade einen Blick in ein anderes Jahrhundert warfen.

Einzig das Bad mit einer Badewanne in der Mitte des Raumes war in einem neutralen Weiß gehalten. Die Kleinigkeiten auf den Spiegelschränken erinnerten an den Landhausstil englischer Gutshöfe.

„Sei mir nicht böse, aber es sieht hier aus, als hätte sich eine ältere Person würdevoll eingerichtet."

„Ging mir auch gerade durch den Kopf", antwortete Jan.

Eine Standuhr am Fuße der Treppe schlug zur halben Stunde. Beide Männer schreckten zusammen. „Wow, fast wie in einem Gruselfilm", sagte Torsten und atmete hörbar aus.

Sie gingen nach oben, Jan in die Küche und Torsten ins Schlafzimmer. Torsten zog sich um. Jan holte die Sporttasche unter der Spüle hervor und wartete an der Treppe auf Torsten. Es war Zeit, sich auf den Weg zu machen.

Als sie losfuhren, holte Jan das Schreiben aus der Jackentasche und reichte es Torsten. Er konnte sich mit dem Lesen ruhig Zeit lassen, denn Jan hatte sich die Route zum Ort des nächsten Auftrags abgeschrieben. Eine zeitliche Verzögerung konnte er sich diesmal nicht erlauben, schließlich hatte der Manager der Autorin alles minutiös geplant.

Torsten lachte laut auf und gab Jan das Schreiben zurück.

„Dieser Manager hat doch einen Knall. Ob die Autorin weiß, was ihr blüht?"

„Keine Ahnung, aber das soll nicht unsere Sorge sein."

„Nee, aber vielleicht steh ich ja eines Tages mit der gleichen Idee vor deiner Tür …“

„Glaube kaum. Du weißt, diese drei Aufträge noch – und dann ist Schluss.“

Jan hielt den Wagen am Uhlhornsweg. Auf den ersten Blick war das Haus der Autorin nicht einzusehen. Eine große mächtige Ligusterhecke verwehrte ihnen den Blick auf das Grundstück, das zusätzlich von einem hohen Zaun umgeben war.

Jan ging am Zaun entlang und fand einen Seiteneingang. Er wollte schon die Türklinke in die Hand nehmen, als Torsten ihn zurückhielt.

„Warte mal, nicht so schnell“, flüsterte Torsten hinter ihm.

„Was ist, wenn es der Autorin so geht wie mir? Wenn das ganze Schreiben eine Finte ist, um uns hierherzulocken und zwar nur aus einem Grund …“

„Na, welchem denn?“, fragte Jan ungeduldig.

„Sie braucht Stoff für einen neuen Roman“, erklärte Torsten.

Jan schüttelte den Kopf.

„Es sind nicht alle Autoren wie du.“

„Ja, schon, aber der Zaun könnte unter Strom stehen. Wirklich, ich stand mal an einem Zaun an einer Kuhweide, der war unter Strom, und das Klicken des Stroms, der durch die Leitung floss, war kaum zu hören. Dann habe ich die Hose aufgemacht und …“

„Ja, Torsten, ich glaube jeder hat irgendwann mal gegen einen Stromzaun gepinkelt.“

„Ich wollte das ja nur zu bedenken geben. Nicht, dass du gleich an der Türklinke kleben bleibst und die Autorin händereibend aus dem Haus kommt, um dich herumhüpft und sich freut, einen echten Todesfall vor der eigenen Haustür zu haben.“

Jan holte tief Luft.

„Ich höre dir ja wirklich gerne zu, aber könnten wir jetzt?“

„Ja, ist schon gut, du als Erster.“

Die beiden schlichen sich über einen gepflegten Rasen und kamen von hinten ans Haus heran. Drei Meter vor der Terrasse stand ein kleiner Lorbeerbusch. Er schien schon einige Jahre auf dem Buckel zu haben. Hinter ihnen befand sich ein alter Schuppen.

Sie hockten sich beide hinter den Busch. Torsten wirkte nervös.

„Was hast du?“, flüsterte Jan und schaute zu ihm.

„Ich weiß nicht, aber irgendetwas gefällt mir hier nicht. Dieser Schuppen macht mir Sorgen.“

„Warum?“

„Vor uns das Haus, hinter uns der Schuppen. Bei einem Polizeieinsatz säßen wir beide jetzt direkt in der Falle.“

„Kann schon sein, aber das ist kein Polizeieinsatz. So, und nun sei leise, ich muss mich konzentrieren.“

Jan schaute zur Terrassentür, die halb aufgeschoben war. Er sah eine ältere Frau, die mit einem dünnen Morgenmantel bekleidet auf einer Leiter stand und frisch gewaschene Gardinen aufhängte.

„In der Blüte ihres Lebens. Ist wohl Ansichtssache“, murmelte Torsten abfällig vor sich hin. „Und wozu braucht sie jetzt noch frisch gewaschene Gardinen an den Fenstern?“

Jan zögerte, obwohl er das Gewehr schon eine halbe Minute im Anschlag hielt. Es hatte einen Schalldämpfer, den Schuss würde niemand hören.

Dann, für einen kurzen Augenblick, blieb die Frau still auf der Leiter stehen.

Als Jan abdrückte, war es ihm, als drehte sein Opfer sich auf der Leiter um und schaute direkt in seine Richtung. Dann fiel sie von der Leiter. Gleichzeitig wurde er von Torsten in den Busch gedrückt. Jan wollte sich umdrehen, ihn wütend anschreien, doch als er Torstens Gesichtsausdruck sah, ahnte er, dass Torsten nicht ohne Absicht seinen Auftrag soeben versaut hatte.

Torsten hielt den Zeigefinger vor den Mund und signalisierte ihm damit, dass er um Gottes willen ruhig sein sollte.

Torsten spitzte die Ohren, dann hörte auch Jan Schritte. Jemand ging nicht weit entfernt von ihnen am Busch vorbei, direkt auf die Terrasse zu.

Beide sahen einen älteren Mann, der sich vorsichtig dem Haus näherte.

„Frau Sokanow, ist alles in Ordnung? Sie wissen doch ganz genau, dass Sie nicht mehr auf Leitern steigen sollen“, rief er durch die offene Tür ins Haus.

Was war geschehen? Hatte die Frau ihn gesehen? War sie vor Schreck von der Leiter gefallen? Oder hatte Jan zum ersten Mal sein Opfer nicht verfehlt? Und wer war der Mann, der so besorgt um die Autorin schien? Nur ein netter Nachbar?

Als der Mann im Haus verschwand, zupfte Torsten Jan am Jackenärmel und flüsterte: „Wir sollten sehen, dass wir hier verschwinden."

Auf dem Weg zum Auto entdeckte Torsten einen grauen Golf am Straßenrand. Er wäre ihm nicht aufgefallen, wenn im Inneren nicht ein Mann gesessen hätte, der scheinbar unter Zeitdruck versuchte, die Tür zu öffnen.

„Schau nicht hin", sagte Torsten zu Jan, der ebenfalls auf den Mann aufmerksam wurde. Mit einem flüchtigen Blick erkannte Jan, dass auf dem Beifahrersitz ein riesiges Teleobjektiv lag.

Im eigenen Wagen angekommen, fragte Jan verwirrt: „Was hat das alles zu bedeuten?"

Torsten hob die Schultern.

„Der Mann an der Straße wird ein Reporter gewesen sein. Fragt sich nur, weshalb er genau zu diesem Zeitpunkt ein Interesse an der erfolglosen Schriftstellerin hatte. Ich liege wohl nicht völlig daneben, wenn ich behaupte, dass ihm irgendjemand einen Tipp gegeben hat."

Jan nickte zustimmend.

„Der andere Mann wird wohl nur ein besorgter Nachbar gewesen sein, oder?"

„Ja, kann schon sein", antwortete Torsten.

Jan startete das Auto, und als sie schon eine Weile stumm nebeneinandersitzend durch die Stadt gefahren waren, sagte Jan plötzlich:

„Danke für deine Warnung. Wäre fast in die Hose gegangen."

„Ist es ja, dein Opfer hast du auch diesmal verfehlt", sagte Torsten fast erleichtert. „Ich denke, den Fotografen hat der Manager von der Sokanow bestellt. Der will medientaugliche Bilder haben."

6.

Am nächsten Morgen saß Jan in der Küche. Er hatte sich frischen Kaffee eingeschenkt und einen Toast mit Erdbeermarmelade beschmiert. Doch statt zu essen starrte er vor sich hin.

Sein gestriger Auftrag lag ihm noch schwer im Magen. Auch wenn er gegenüber Torsten den starken Mann markierte, knabberte er doch sehr daran, dass er zum ersten Mal einen Menschen umgebracht hatte. Die anfängliche Hoffnung, die Angelegenheit einfach beiseiteschieben zu können, erwies sich als Trugschluss. Immer wieder musste er an die Szene denken, in der er im Busch sitzend auf die Autorin geschossen hatte.

Bevor er sich mit Torsten aus dem Staub gemacht hatte, sah Jan sein Opfer zu Boden stürzen, ein untrügliches Indiz dafür, dass er diesmal sein Ziel nicht verfehlt hatte.

Jan fragte sich, wie lange die Polizei bei ihren Ermittlungen brauchen würde, um auf seine Spur zu kommen. War es nicht besser, sich gleich der Polizei zu stellen?

Jan kam nicht mehr zur Beantwortung seiner theoretischen Frage, denn er hörte Torstens Stimme aus der Stube.

„Jan, komm schnell, im Fernsehen geht es um dich!“, rief er.

Jan schreckte auf und lief zu Torsten in die Stube.

Was hatte Torstens Bemerkung zu bedeuten? Hatte ihn gestern der Nachbar in das Grundstück der Autorin eindringen sehen? Aber dann hätte er die Autorin sicher vor ihm gewarnt.

Jan blieb an der Tür stehen und schaute auf Torsten, der auf dem Sofa saß und auf den Fernseher zeigte. Jan sah eine Nachrichtensprecherin.

Ganz klein im Hintergrund entdeckte er das Bild seines gestrigen Einsatzortes. Das Haus von Sofia Sokanow.

Torsten stellte mit der Fernbedienung den Ton lauter. Beide lauschten auf die sonore Stimme der Sprecherin.

„Sofia Sokanow, die Urenkelin einer verarmten russischen Fürstenfamilie, ist tot.

Wie uns ihr Management mitteilt, wurde auf Sofia Sokanow am gestrigen Abend ein Attentatsversuch verübt.

Ihr Manager sieht einen Zusammenhang zwischen dem Mordversuch und ihrem neuen, noch nicht veröffentlichten Buch „Auch Engel können glücklich sein", das erstmals autobiografische Züge aus dem einsamen Leben der Autorin auf dem Gut ihrer Eltern in Sibirien enthält.

Aus Polizeikreisen ist allerdings zu erfahren, dass, entgegen der Aussage des Managers, jegliche Anhaltspunkte auf ein mögliches Attentat fehlen."

„Schau mal", rief Torsten belustigt. Er zeigte in Richtung des eingeblendeten Fotos, das Sofia Sokanow zeigte, die unter einem Beistelltisch begraben lag. Die Splitter der Gläser hatten sich wie Eiskristalle über ihr Nachthemd ergossen.

„Schöner hätte sie sich ihr Sterbefoto sicher auch nicht ausdenken können", grinste Torsten und wurde wieder still, als die Nachrichtensprecherin fortfuhr:

„Die Polizei geht davon aus, dass die Künstlerin einen Herzinfarkt erlitten hatte. Nach ersten Rekonstruktionen muss sie auf einer Leiter gestanden haben, um die Gardinen aufzuhängen. Beim Sturz hat sie wahrscheinlich versucht, sich auf halber Höhe noch an einem Beistelltisch festzuhalten, der jedoch samt Karaffe und sechs Gläsern mit ihr zu Boden gerissen wurde.

Bekannt wurde Sofia Sokanow in den achtziger Jahren, als sie trotz großer Medienpräsenz in Talkshows und Literatursendungen, kein einziges Buch verkaufen konnte.

Und nun zum Wetter ..."

„Ich habe sie verfehlt", stellte Jan sichtlich erleichtert fest.

„Mach dir nichts daraus", versuchte Torsten, ihn zu trösten.

„Sei lieber froh, dass der Fotograf nicht rechtzeitig zur Stelle war."

Jan nickte stumm, ging zurück in die Küche und setzte sich wieder vor seinen unberührten Toast, den er endlich in die Hand nahm und zu essen begann.

Torsten schaltete den Fernseher aus und nahm sich vor, noch ein paar Notizen für sein Buch zu machen. So etwas wie eben im Fernsehen konnte man sich bei aller Liebe nicht selbst ausdenken.

Als Jan das schmutzige Geschirr in die Spülmaschine gestellt hatte, ging er in die Stube und holte den zweiten Umschlag vom Bücherregal.

Torsten war nicht mehr in der Stube. Jan nahm an, dass er sich zum Schreiben in sein Zimmer zurückgezogen hatte.

Er öffnete den Umschlag und fand neben der üblichen Geldsumme zwei Briefe. Jan öffnete auch die kleinen Umschläge nacheinander und las sie. Was er da las, wollte er erst nicht glauben. Die ganze Sache wirkte sehr absurd, doch die beiden Auftraggeber schienen es ernst zu meinen.

Dennoch wusste er in diesem Fall nicht, wie er vorgehen sollte.

Jan wollte Torsten zu Rate ziehen. Sollte er in dieser Angelegenheit ruhig die Zügel in die Hände nehmen.

Als Jan in Torstens Zimmer trat, hob dieser den Kopf und schaute ihn abwartend an.

„Was ist? Ich mache mir gerade ein paar wichtige Notizen."

„Ich will dich nicht lange stören, wollte dich nur um Rat fragen."

Torsten wurde hellhörig.

„Also, ich bin ganz Ohr!"

„Es ist Folgendes …", begann Jan und wedelte mit den zwei kleinen Umschlägen in der Luft herum.

„In diesem Umschlag", Jan hielt die linke Hand in die Höhe, „bittet der Ehemann um die Ermordung seiner Ehefrau."

Nun hob Jan die rechte Hand in die Luft.

„Und in diesem Brief bittet die gleiche Ehefrau um die Ermordung ihres Ehemanns …"

„Verstehe", antwortete Torsten ernst und war verwirrt.

„Nun willst du von mir wissen, welchen der beiden Aufträge du zuerst erledigen sollst?"

„Genau so ist es", antwortete Jan und legte die Umschläge vor Torsten auf den Tisch.

„Aber für die Entscheidung kannst du dir ruhig etwas Zeit lassen. Ich gehe jetzt in die Stadt und besuche Ashley an ihrer neuen Arbeitsstelle. Mal sehen, wie es ihr so geht."

„Bahnt sich da etwas an, von dem ich wissen müsste?", fragte Torsten süffisant.

„Bis jetzt noch nicht, immerhin sind wir ja gerade mit anderen Dingen beschäftigt."

„Stimmt genau, und ich hoffe, dein Schwerpunkt verschiebt sich in dieser Angelegenheit nicht so bald. Immerhin geht es nicht nur um dich, sondern es geht auch um mein Buch – meine Zukunft."

„Wie könnte ich das je vergessen", sagte Jan.

„Ach, übrigens, hast du etwas dagegen, wenn ich die Opfer in meiner Geschichte von der Hauptfigur richtig erschießen lasse?"

Jan hob abwehrend die Hände in die Luft. „Aber nicht doch, es ist deine Story. Mach, was du willst!"

❖❖❖

Als Jan aus dem Haus gegangen war, zog Torsten von seinem Zimmer auf den Balkon um. Bevor er jedoch den Küchentisch samt Stuhl nach draußen zu tragen begann, überprüfte er sicherheitshalber die Stabilität des Balkons.

Todesmutig sprang er auf dem Balkon auf und ab, wie auf einem Trampolin.

Obwohl an allen Ecken der Putz von der gemauerten Umrandung abbröckelte und das Gitter auf der Brüstung mit rostbraunen Stellen übersät war, schien der Balkon stabil zu sein.

Torsten trug alles nach draußen und setzte sich an den Tisch. Er verschränkte die Arme und genoss die wärmenden Strahlen der Sonne. Dann begann er, sich zu konzentrieren, fuhr seinen Laptop hoch und grübelte über den weiteren Verlauf seiner Geschichte. Er versuchte, sich von dem verwilderten Garten unter ihm und der grauen Hausfassade des Versicherungsgebäudes auf der anderen Straßenseite nicht ablenken zu lassen.

Mit dem ersten Entwurf des Romans war er gut vorangekommen. Die Handlung hatte er an manchen Stellen gegenüber den tatsächlichen Ereignissen der letzten Tage leicht verändert. Und dann hatte es Torsten vor zwei Tagen in einem Anflug von Größenwahn tatsächlich gewagt, die ersten dreißig Seiten per Mail an einige große Verlage zu senden. Er wusste, es war unprofessionell und viel zu früh dafür, denn er hatte beim Text noch keinerlei Korrekturen vorgenommen. Außerdem hatte er kein Exposé mitschicken können, da er selbst noch nicht wusste, wie die Geschichte enden würde. Dennoch: Sein Optimismus war nicht zu bremsen gewesen.

Torsten arbeitete weiter am Text, doch kaum hatte er die ersten Worte geschrieben, als ein Signal erklang, das ihm mitteilte, dass eine neue Nachricht eingegangen war.

Torsten war neugierig, verkleinerte sein Fenster und schaute ins Mailprogramm.

Er staunte nicht schlecht und wollte es erst nicht glauben, als er erkannte, dass ihm Jana eine Mail geschrieben hatte. Mit einem Schlag waren all die Zweifel der letzten Tage verflogen. Wie hatte er nur annehmen können, dass Jana nichts mehr von ihm wissen wollte. Sicher hatte sie an ihrer neuen Arbeitsstelle auch eine neue E-Mail-Adresse bekommen. Wer weiß, wie stressig ihre Tage dort drüben waren. Sicher war es nicht erlaubt, während der Arbeitszeit private Nachrichten zu versenden.

Torsten öffnete die Mail.

❖❖❖

Lieber Torsten!

Tut mir leid, dass du mich nicht erreichen konntest, aber ich habe jetzt eine neue, private E-Mail-Adresse. Um ehrlich zu sein, sie gehört Jack. Er ist der Mann, den ich hier in Memphis kennengelernt habe.

Es ist was Ernstes – tut mir leid.

Jana

❖❖❖

Torsten starrte auf die wenigen Zeilen. Eben war er noch voller Hoffnung gewesen, und jetzt diese Nachricht. Doch wenn er ehrlich war, spürte er weder Wut noch Enttäuschung in sich aufsteigen. Hatte er nicht im Stillen längst mit so etwas gerechnet?

Er versuchte in sich hineinzuhorchen, doch da war nichts.

Bestenfalls empfand er eine abgeklärte Ruhe. Er war nicht mal darüber verletzt, dass sie es fertigbrachte, in vier Sätzen ihre Beziehung zu beenden.

Torsten überlegte, ob er ihr zurückschreiben sollte.

Sollte er Jana viel Glück mit ihrem Jack wünschen, der sicher Jeans und karierte Flanellhemden über seinen muskulösen Oberarmen trug? Der jeden Tag nach der Arbeit im Haus verschwand, um ein Bier für sich und Jana eine kühle Limonade nach draußen auf die Veranda ihres hölzernen Farmhauses zu bringen? Der sich neben ihr auf die Hollywoodschaukel setzte, ihr kommentarlos die verspannte Schulter massierte und mit seiner tellergroßen Hand auf die glutrote Sonne zeigte, die in der Ferne hinter der Bergkette der Smoky Mountains untergeht? Er konnte die Szene vor sich sehen. Er hauchte ihr dabei leise ins Ohr: „Darling, hast du schon die Pferde gefüttert?“ Unrealistisch – wer stellt sich vor, wenn er in einer Kneipe ein Bier trinken will?

Nein, er wollte ihr nicht antworten. Sie hatte ihre Entscheidung getroffen, und Torsten hatte dem nichts mehr hinzuzufügen.

Ein letztes Mal las er Janas Nachricht, dann löschte er sie. Doch plötzlich ertönte erneut das ihm wohl vertraute Signal.

Torsten holte tief Luft. Er hoffte, dass es keine weitere Nachricht von Jana sei. Er wollte keine Erklärungen von ihr. Alles, was sie jetzt noch schrieb, wäre umsonst.

Doch die Nachricht war nicht von ihr.

❖❖❖

Sehr geehrter Herr Hammerstein!

Mit großem Interesse habe ich die ersten dreißig Seiten Ihres Romans „Schüsse in der Nacht“ gelesen und freue mich, Ihnen mitteilen zu können, dass wir gern Ihr gesamtes Manuskript zur Prüfung einsehen möchten.

Zufällig bin ich morgen ganz in Ihrer Nähe und könnte ein Treffen in Bremen mit Ihnen terminlich möglich machen. Wenn Sie nichts dagegen haben, schlage ich das ‚CELONA‘ an der Schlachte vor. Ist Ihnen 14 Uhr recht?

Sollte dieser Termin für Sie nicht möglich sein, bitte ich um eine kurze Rückmeldung. Ansonsten freue ich mich auf das Treffen mit Ihnen.

Mit freundlichen Grüßen
K. R. Weinbrand
Kieselsee Verlag
Lektorat

❖❖❖

Torsten rieb sich die Augen, überprüfte den Absender der Nachricht, suchte auf der Seite des Verlags nach einem Lektor namens K. R. Weinbrand. Erst als er ihn tatsächlich im Internet gefunden hatte, glaubte er an die Echtheit des Schreibens, das er da zum x-ten Mal las.

Sicherheitshalber speicherte er die Einladung in eine separate Datei, als könne sie sich jeden Augenblick verflüchtigen. Dagegen war Janas Nachricht längst aus Torstens Gedächtnis gelöscht.

Er stand auf, ging in die Küche und holte eine Flasche Wein aus dem Küchenschrank. Nachdem er jubelnd das erste Glas geleert hatte, legte sich seine ausgelassene Stimmung und wurde von Nervosität abgelöst.

Insgesamt hatte er erst fünfzig Seiten geschrieben, der Roman war aus guten Gründen noch längst nicht fertig – und er wusste auch noch lange nicht, wie er enden würde. Erwartete der Lektor, dass er das fertige Manuskript mit zum Treffen brachte?

Auch wenn er das ganze Manuskript angefordert hatte, er würde sich mit den ersten fünfzig Seiten begnügen müssen.

Allein die Tatsache, dass ein großer Verlag so positiv reagierte, war ein Grund zum Feiern. Torsten schenkte sich nach und gab einen lauten Freudenschrei von sich.

❖❖❖

Jan ging durch die belebten Gassen der Innenstadt.

Am Stand auf dem Wochenmarkt hatte er sich eine Bratwurst gegönnt. Nun steuerte er auf eine Buchhandlung zu, in der Ashley ihren ersten Tag hatte.

Schon von Weitem sah er sie in der Mitte des Ladens an der

Kasse stehen. Ihr roter Kopf und der stechende Blick verrieten ihm, dass es nicht gut für die Kundin vor ihr lief, die mit Adleraugen jede Handbewegung von Ashley unter die Lupe nahm.

Jan näherte sich der Kasse und hörte die Kundin sagen:

„Als ich das letzte Mal bei Ihnen war, hatten Sie so ein schönes gelbes Geschenkpapier, das blaue da gefällt mir nicht."

Ashley hob entschuldigend die Schulter.

„Tut mir leid, aber im Moment haben wir nur dieses hier."

Ashley verpackte ein kleines Buch mit flinken Fingern, als hätte sie nie etwas anderes gemacht.

„Oh, haben Sie auch den Preis auf dem Buchrücken entfernt?"

„Aber natürlich", antwortete Ashley.

„Sind Sie sich da ganz sicher?", fragte die Kundin.

„Ganz sicher!"

Die Frau sah Ashley skeptisch an, als könne sie an ihrem Gesichtsausdruck die Echtheit ihrer Aussage herauslesen.

„Es wäre mir sehr lieb, wenn Sie doch noch mal nachschauen würden."

Ashley schaute der Frau fest in die Augen.

„Ich soll das Päckchen noch mal öffnen?", fragte Ashley in einem Ton, als hätte die Frau von ihr verlangt, sich augenblicklich nackt auszuziehen.

Die Frau nickte entschlossen. „Ja, das wäre mir am liebsten. Vertrauen ist gut, Kontrolle ist besser."

Ashley entfernte das Papier vom Buch und warf es in den Mülleimer. Sie zeigte der Frau den überklebten Preis auf der Rückseite und riss ein neues Stück Papier von der Rolle.

Sie wollte das Buch gerade zum zweiten Mal einpacken, als die Frau sich zu ihr beugte und ihr das Papier aus der Hand nahm, um es hin und her zu wenden.

Abwechselnd betrachtete die Frau die blaue Vorderseite und die goldene Rückseite, dann gab sie Ashley den Bogen zurück.

„Wenn Sie beim Einpacken einen kleinen Streifen umknicken würden, dann hat das Päckchen so einen schönen goldenen Streifen", schlug die Frau vor.

Ashley tat es ohne zu murren und klebte zum Schluss eine Schleife auf das Päckchen.

Die Frau schüttelte entsetzt den Kopf.

„Nein, diese Schleife gefällt mir nicht, können Sie das nicht rückgängig machen?"

Ashleys Blick wurde finster.

„Sagen Sie jetzt nicht, ich soll ..."

„Doch, bitte", fuhr die Frau ihr ins Wort. „Ich will mich doch nicht blamieren. Wenn Sie also so freundlich wären ...?"

„Bin ich aber nicht", fuhr Ashley die Frau verärgert an. „Letztendlich ist Ihnen der Beschenkte doch scheißegal, sonst würden Sie es nämlich selber einpacken!"

Ashley befreite das Buch aus seiner Verpackung, drückte an der Kasse auf die Rückware-Taste und gab der Frau das Geld zurück.

„Denken Sie einfach mal nach, über das, was ich Ihnen gesagt habe. Entweder Sie akzeptieren es, wie andere Ihre Geschenke einpacken oder Sie machen sich selbst ein paar Gedanken. Ach, übrigens, zwei Häuser weiter können Sie Geschenkpapier und Schleifen bekommen, allerdings nicht kostenlos, so wie hier."

Mit diesen Worten kam Ashley hinter der Kasse hervor und ging auf den Ausgang des Ladens zu.

Jan lief hinter ihr her und sprach sie von hinten an.

„Sieht aus, als müsstest du dir wieder einen neuen Job suchen. Bei dem Tempo wirst du in einem halben Jahr die gesamten Oldenburger Einzelhandelsgeschäfte kennengelernt haben."

Ashley drehte sich zu ihm um. „Dann kann ich bestimmt als Fremdenführerin einen festen Vollzeitjob bekommen."

„Vielleicht. Aber im Moment sieht es so aus, als stünde jetzt Milchkaffee und Käsebrötchen auf dem Programm."

„Ich habe eine andere Idee. Ich lade dich diesmal ein, kann aber nichts versprechen, denn ich weiß nicht, was mein Kühlschrank im Augenblick hergibt."

„Das heißt, wir gehen zu dir?"

„Ja, oder besser in eine Kneipe?"

„Nein, nein, zu dir ist schon in Ordnung."

„Na, dann mal los", lachte Ashley und riss, ohne es zu merken, mit ihrer Handtasche beim Hinausgehen einen Stapel Bücher vom Tisch.

❖❖❖

Jan folgte Ashley durch die Wallstraße. Schon nach ein paar Metern standen sie vor einem dreistöckigen, weiß verputzten Haus.

Ashley schloss die Tür auf und deutete auf die schmale Holztreppe, die mit ausschweifenden Windungen nach oben führte.

„Ich wohne unter dem Dach“, grinste sie und ließ seine schlimmsten Befürchtungen, unzählige Stufen steigen zu müssen, wahr werden.

Völlig außer Atem kam er oben an. Ashley machte der Aufstieg nichts aus, sie hatte sich an die vielen Treppenstufen gewöhnt.

Ashley schloss die Wohnungstür auf, breitete wie eine Verkäuferin in einer Dauerwerbesendung die Arme aus und verkündete stolz: „Willkommen in meiner bescheidenen Hütte.“

Bescheiden war das richtige Wort. Durch den schmalen Flur konnte man sich zu zweit nur eng umschlungen fortbewegen. In dem Zimmer, das Jan betrat, stand ein Herd, eine Spüle, ein Kühlschrank und ein Schlafsofa mit einem flachen Tisch davor.

Es war eindeutig ihr Ess- und Schlafzimmer. Jan riskierte einen Blick in das andere Zimmer. Es war schmal und noch kleiner. Ein offenes Regal mit Ashleys Kleidung und ein Schreibtisch nahmen den ganzen Platz ein.

Selbstverständlich sagte Jan nichts. Er wusste von seinen Besuchen an Ashleys Arbeitsstellen, dass es besser war, seine Meinung für sich zu behalten. Unschlüssig stand er in dem Zimmer und schaute zu einer Tür auf der rechten Seite des Raums, die er jetzt erst entdeckte. Ashley ging auf die Tür zu.

„Jetzt zum Glanzstück meiner Hütte“, sagte sie und führte ihn nach draußen auf eine riesige Terrasse.

Der Anblick war tatsächlich atemberaubend. Jan verstand sofort, weshalb Ashley all die anderen Unannehmlichkeiten ihrer winzigen Wohnung in Kauf genommen hatte.

Die Dachterrasse war dreimal so groß wie Ashleys Wohnung. Jan schritt sie ab und riskierte sogar einen waghalsigen Blick von oben auf die Wallstraße hinunter. Ashley hatte sich eine Gießkanne genommen und begann, das Moos und die Topfblumen mit Wasser zu versorgen. In einer Ecke hatte sie eine überdachte Sitzecke eingerichtet.

„Das ist wundervoll", rief Jan begeistert aus.

„Nicht wahr? Und das gehört mir alles ganz alleine."

Jan kam sich vor wie in einem Park. An einigen Stellen entdeckte er kleine Birken, die ihre Kronen zum Himmel reckten.

„In ein paar Jahren hast du hier oben einen richtigen Wald", mutmaßte Jan, und Ashley stimmte ihm zu.

Jan schaute sich noch etwas um, dann fragte er:

„Wo kann ich denn mal für kleine Jungs gehen?"

„Das Klo ist am Ende des Flurs, direkt gegenüber der Wohnungstür."

Es dauerte keine fünf Minuten, als er wieder vor Ashley stand und aufgeregt in die Wohnung zeigte.

„Ich glaube mit deiner Waschmaschine stimmt etwas nicht, da kommt Schaum raus. Es sieht aus, als wäre sie tollwütig geworden."

„Das alte Ding spinnt wieder mal. Die will um jeden Preis ausgewechselt werden", sagte Ashley und folgte Jan ohne sichtbare Panik ins Bad.

Kurz darauf standen sie vor der Waschmaschine und beobachteten sie ehrfürchtig, als betrachteten sie ein wertvolles Gemälde. Dann verschwand Ashley plötzlich. Jan vermutete, dass sie einen Eimer und einen Lappen holte, stattdessen kam sie mit zwei alten Flaschenöffnern wieder.

Sie drückte Jan einen in die Hand. Er machte ein Gesicht wie ein alter verwirrter Mann, der den Weg zurück ins Heim nicht finden konnte.

Noch ehe Jan sie fragen konnte, was er damit machen sollte, sagte sie: „Wir machen jetzt einen Seifenblasenwettbewerb, und wer gewinnt, darf bestimmen, was wir als Nächstes machen."

Sie öffnete die Waschmaschine, warf die nasse Wäsche ins Waschbecken und tauchte den Flaschenöffner in das nicht abgepumpte seifige Waschwasser.

„So musst du das machen“, sagte sie und blies vorsichtig durch das Rund des Öffners. Die Seifenblase zerplatzte.

„Also, ab jetzt zählt es. Wer zuerst eine ganze Seifenblase gemacht hat, die auch fliegt ...“

Jan zögerte einen Moment, doch dann folgte er Ashleys Beispiel.

Während er angestrengt versuchte, eine Seifenblase entstehen zu lassen, überlegte er sich, was sie unternehmen könnten, wenn er gewann.

Nach zehn Minuten konnte er seine Überlegungen auf Eis legen. Eine Seifenblase zog knapp an seinem Kopf vorbei. Sie kam aus Ashleys Richtung.

Ashley legte die Flaschenöffner zur Seite, nahm Jan an die Hand und zog ihn in ihr Zimmer. Sie zeigte auf den Tisch.

„Der muss weg!“

„Was hast du vor?“, wollte Jan wissen.

„Zwanzig Minuten Yoga stehen jetzt auf dem Programm“, sagte sie.

Widerwillig stellte Jan mit ihr den Tisch zur Seite. Dann legte Ashley zwei Matten auf den Boden, schaltete den Fernseher an und legte eine DVD in den Player.

„Keine Angst, das Programm ist für Anfänger“, versicherte sie ihm. Jan war sich nicht sicher, ob seine Jeans die Verrenkungen bei den Übungen durchhalten würde. Ashley hatte sich einen bequemen Trainingsanzug angezogen.

„Du kannst auch die Hose ausziehen“, erklärte sie ihm, als hätte sie seine Gedanken erraten. Jan war sich sicher: Sie hatte keine Hintergedanken dabei. Jan behielt die Hose an und hockte sich neben sie auf seine Matte.

Während sie auf den Programmstart warteten, fragte er sich, ob die Art des Treffens, das er gerade mit Ashley erlebte, dem Zeitgeist entsprach. Es war ewig her gewesen, dass er sich mit einer Frau getroffen hatte. Er konnte sich allerdings genau daran erinnern, dass er meist auf dem Sofa oder einem Stuhl gesessen hatte.

Jan beschloss spontan, sich keine weiteren Gedanken mehr zu machen und schob seine Beine in den Schneidersitz. Er war bereit, sie konnten mit den Übungen beginnen.

Die Übungen hatten größtenteils Tiernamen. Da gab es die Kobra, die Katze und die Heuschrecke.

Jan ertappte sich dabei, wie seine Gedanken abschweiften und sein Blick vom Fernseher zu Ashley ging. Sie folgte konzentriert den Anweisungen und Jan schaute auf ihren Körper. Immer dann, wenn sie sich streckte und der weite Trainingsanzug sich auf ihrem Körper spannte, konnte er den Blick nicht von ihr lassen.

Ob sie sich eigentlich ihrer Ausstrahlung bewusst war? Er jedenfalls war es. Dennoch versuchte Jan ab und an, den ungewohnten Übungen zu folgen. Er merkte, dass er langsam müde wurde. Das Kamel versuchte er noch, den Lotussitz bekam er gerade noch hin und in der Totenstellung schlief er ein.

Als er eine leichte Berührung am Arm spürte, schreckte er auf und sah sich verstört um.

Ashley hockte neben ihm.

„Wie lange habe ich denn geschlafen?"

„Eine Stunde!", antwortete sie, ohne auf die Uhr zu schauen. „Ich habe uns auf der Terrasse den Tisch gedeckt."

Jan erhob sich und ging mit ihr hinaus.

Beim Anblick des reich gedeckten Tisches bekam er tatsächlich Hunger und setzte sich. Sie begannen, sich zu unterhalten. Jan genoss es heimlich, einfach mal bedient zu werden.

Er erzählte von seiner Arbeit und wie er sie verloren hatte. Erzählte von seinem Erbe. Über die Aufträge, die er angenommen hatte, sagte er nichts.

Ashley erzählte ihm witzige Geschichten aus ihrer Kindheit, an denen er sehen konnte, dass sie sich tief im Inneren kaum verändert hatte. Sie berichtete von ihren unzähligen Aushilfsjobs und dem abgebrochenen Schauspielstudium in Berlin. Sie erklärte ihm, dass sie mit den Lehrern nicht klargekommen war. Dass sie eigene Vorstellungen gehabt hatte, die sie nicht durchsetzen konnte.

Alles was sie in ihrer ungezwungenen, kindlichen Art erzählte, bewies Jan, dass sie ihren eigenen Weg zu gehen versuchte. Ihre Lebenseinstellung imponierte ihm. Nicht nur, weil er noch nie einer Frau wie Ashley begegnet war, sondern auch, weil sie meilenweit von seiner eigenen Lebensphilosophie entfernt war.

Als die Glocken der Lambertikirche zu läuten begannen, schaute Jan zur Uhr, als müsse er sich vergewissern, dass sie richtig ging.

Jan musste sich auf den Weg machen. Er half Ashley beim Abräumen und verabschiedete sich von ihr, nicht ohne ihr zu sagen, dass er den Nachmittag sehr schön gefunden hatte.

„Sehen wir uns heute noch?“, fragte sie.

„Ich bin mir nicht sicher. Besser, ich verspreche nichts. Wenn nicht heute, dann ganz sicher die Tage. Also, mach’s gut“, sagte er und ging.

Jan hatte den Nachmittag bei Ashley sehr genossen. Er konnte sich zwar nicht erinnern, dass er je mit einer Frau Yoga-Übungen gemacht hatte oder einen Seifenblasenwettbewerb, aber es war erfrischend gewesen, auf eine Frau zu stoßen, die das Leben so unkompliziert zu sehen schien. Sie hatte es geschafft, in ihm das Kind zu wecken und ihn vom Alltag abzulenken.

Er konnte sich gut vorstellen, noch mehr Zeit mit ihr zu verbringen. Mit den Bildern von Ashley im Kopf, bog er lächelnd in die Osterstraße ein und lief auf sein Haus zu. Als er gerade die Haustürklinke in der Hand hielt, war es ihm, als sähe er ein bekanntes Gesicht. Jan drehte sich zur Kreuzung Rosenstraße um. Es war Rosi, die dort auf jemanden zu warten schien. Erst wollte er ihr winken, doch dann ließ er es bleiben. Irgndetwas war anders, Rosi wirkte nervös, eine Gefühlsregung, die er noch nie bei ihr gesehen hatte. Er stieg in sein vor dem Haus geparktes Auto und beobachtete sie von dort aus.

Rosi schaute ständig auf die Uhr und ging ein paar Schritte, mal in die eine, dann in die andere Richtung.

Plötzlich bog eine schwarze Limousine in die Osterstraße. Jan wartete, bis sie an ihm vorbei war, und als sie vor Rosi anhielt, startete er den Wagen. Jan sah, wie Rosi ohne zu zögern die Beifahrertür öffnete und einstieg. Der Fahrer war kein Fremder für sie.

Bevor Jan sich langsam hinter der Limousine in Bewegung setzte, fragte er sich, ob es richtig war, Rosi zu folgen. Was ging ihn ihr Leben an? Doch der Umstand, dass sie in der Klemme saß und ihr Vermieter ihr die Pistole auf die Brust setzte, schloss nicht aus, dass sie sich möglicherweise zu Dummheiten hinreißen ließ, die sie später bereuen würde. Natürlich war dies alles keine hinreichende Rechtfertigung dafür, dass er Rosi hinterherspionierte, doch irgendwie gehörte sie im Moment genau wie Torsten und Ashley zu seinem Leben.

Jan verfolgte den Wagen in angemessenem Abstand, doch dann beging er einen Fehler.

Er ordnete sich auf den Fahrspuren am Pferdemarkt falsch ein und musste den Kreisel ein weiteres Mal umfahren. Danach hatte er die schwarze Limousine aus den Augen verloren und ihm blieb nichts anderes übrig, als enttäuscht nach Hause zu fahren.

❖❖❖

Als Jan die Haustür öffnete, drang laute Musik von oben aus der Wohnstube zu ihm herunter.

Er fragte sich, was der Anlass für diesen Radau sein könnte. Feierte Torsten etwa ganz für sich seinen Geburtstag? Oder lag er tot in der Stube vorm Bücherregal und der Mörder hatte die Musik angemacht, um den Schuss zu übertönen, und danach vergessen, sie wieder auszumachen?

Er würde es gleich wissen. Jan trat ins Zimmer und sah Torsten ausgelassen im Raum herumtanzen. Erleichtert atmete er auf und schimpfte still mit sich, dass mal wieder die Fantasie mit ihm durchgegangen war.

„Was ist denn mit dir passiert? Hast du eine Hornisse in der Hose oder bist du unten in den Räumen gewesen und hast an der frischen Farbe geschnüffelt?“

Torsten drehte die Musik leiser und schaute Jan überrascht an.

„Was hast du gesagt?“

Jan winkte ab und antwortete, jetzt leiser:

„Nichts, ist schon um die Ecke.“

Torsten kam zu ihm.

„Hier, lies mal!“, sagte er grinsend und reichte ihm das Schreiben des Verlagslektors.

Jan überflog die wenigen Zeilen und nickte anerkennend.

„Na endlich! Florida – ein heißer Tag am Strand – ein kühler Drink und Silikonbrüste, die an uns vorbeiwippen."

Torsten verzog das Gesicht. „So weit ist es noch nicht."

„Dann halt dich ran", antwortete Jan und gab ihm das Schreiben zurück. „Immerhin soll es sich auch für mich eines Tages bezahlt machen, dass ich dir ein gemütliches Heim und die Vorlage für deinen Welterfolg geliefert habe."

Jan wollte das Zimmer verlassen, als er plötzlich stehen blieb.

„Ach, hast du schon eine Entscheidung bezüglich des nächsten Auftrags getroffen?"

„Nein, darum kümmere ich mich gleich", antwortete Torsten und fügte wie nebenbei hinzu: „Jana hat sich von mir getrennt, per E-Mail. Sie hat einen gewissen Jack kennengelernt."

Jan wollte ihm was Tröstliches sagen, doch Torsten sah nicht aus, als würde er am Boden zerstört sein – und so erklärte er ihm: „Man kann nicht alles haben. Entweder Ruhm oder eine Frau, die einem mit Freuden die Pantoffeln abbürstet, bevor sie sie dir über die Füße streift."

Torsten winkte ab und stellte die Musik wieder lauter.

Jan ging nach unten zum Telefon.

Seit er die Verfolgung der schwarzen Limousine vermasselt hatte, hatte er überlegt, wie er an den Namen des Halters kommen konnte. Die Lösung war ihm spontan gekommen. Er mied, wenn möglich, den Kontakt zu ehemaligen Mitschülern, denn er mochte ihre aufgesetzte Freundlichkeit nicht. Wenn sie mit einem redeten, zielten all die unverfänglich scheinenden Fragen nur darauf ab, herauszufinden, ob es dem anderen im privaten wie beruflichen Leben hoffentlich schlechter ging als einem selbst.

Doch in diesem Fall hatte er keine Wahl.

„Polizeirevier Hamburg Altona, was kann ich für Sie tun?", hörte Jan eine Frau sich melden.

„Ich hätte gern Peter Parker gesprochen."

„Moment, ich verbinde."

Jan wartete einen Moment, dann hörte er Peters Stimme in der Leitung. „Ja, wer ist denn da?"

„Hi Peter, ich bin es, Jan Petersen. Ich brauche deine Hilfe."

❖❖❖

Kaum hatte Jan das Zimmer verlassen, hatte Torsten den Spaß an der lauten Musik verloren. Außerdem war es ihm peinlich, sich in Anwesenheit von Jan so ungezwungen zu geben. Stattdessen war er kurz in sein Zimmer gegangen, hatte die Umschläge geholt und saß nun draußen auf dem Balkon. Als er beide Briefe durchgelesen hatte, war er der Lösung noch kein Stück nähergekommen.

In einem der Briefe hatte sich die Frau darüber beschwert, dass ihr Mann sie seit seiner Pensionierung langsam in den Wahnsinn trieb. Er war antriebslos und hing den ganzen Tag in der Wohnung herum. Sie hatte gehofft, dass er ab und an mal mit ein paar alten Kumpels in seiner Stammkneipe abhängen würde, doch ihr Mann war der Meinung, dass er während seiner Berufszeit viel zu viel Zeit dort verbracht hatte.

In ihrem hohen Alter wollte sie sich nicht mehr von ihrem Mann scheiden lassen. Er hatte eine Lebensversicherung abgeschlossen, die sie gern für sich allein ausgeben wollte. Mit achtundsiebzig Jahren blieb ihr nicht mehr viel Zeit dafür …

In dem anderen Schreiben beschwerte sich der Mann darüber, dass seine Frau ihn verrückt mache, weil sie den lieben langen Tag putzte, Wäsche wusch und neue Kuchen kreierte, die sie in der Nachbarschaft verteilte. Er hatte sich seinen Lebensabend anders vorgestellt. Er glaubte zu wissen, dass sie sich sogar wünschte, dass er ab und an das Haus verlassen würde. Vielleicht, so vermutete er, wollte seine Frau ihn loswerden, weil sie nach all den Ehejahren genug von ihm hatte. Jetzt habe er sich entschlossen, seiner Frau zuvorzukommen und sie umbringen zu lassen, bevor sie auf diese Idee kommen würde.

Torsten holte tief Luft und legte die Zettel zur Seite. Kurz darauf kam Jan auf den Balkon und fragte:

„Und …?“

Torsten rümpfte die Nase.

„Eigentlich ist es egal“, sagte er, faltete die Zettel zusammen und steckte sie zurück in den großen Umschlag. „Da du aber auf eine Entscheidung drängst, würde ich sagen: Die Dame zuerst.“

Jan nickte und beschloss, sich noch ein bisschen aufs Ohr zu legen.

Torsten wollte noch etwas an seinem Roman weiterschreiben. Er wartete, bis Jan gegangen war, dann zog er in sein Zimmer um. Draußen war es ungemütlich geworden. Der Wind frischte auf und die Sonne war bereits hinter dem Versicherungsgebäude verschwunden. Er legte sich aufs Bett, nahm den Laptop auf den Schoß und startete das Schreibprogramm.

❖❖❖

Es war kurz vor 23 Uhr, als sich Jan und Torsten durch die wenig befahrenen Straßen von Oldenburg ihrem Ziel näherten.

„Müssen wir hier schon rechts abbiegen?“, fragte Torsten.

„Nein, das ist eine Einbahnstraße.“

Jan fuhr an einem dreistöckigen Haus am Niendorfer Weg vorbei und parkte den Wagen drei Häuser weiter hinter einer Kurve.

Es war ein dicht besiedeltes Gebiet, kein See oder ein abgelegenes Haus wie bei den anderen Aufträgen. Hinter jedem der Fenster konnte ein neugieriger Nachbar stehen und sie beobachten.

Sie nahmen sich vor, so zu tun, als würden sie Freunden einen Besuch abstatten. Jan und Torsten gingen auf das Haus zu. Die Straße war leer, auf dem Fußweg kam ihnen niemand entgegen.

Vor dem Haus war ein kleiner Parkplatz. Bis auf ein Auto war er leer. Torsten postierte sich neben einem Fahrradschuppen und richtete den Blick auf die Eingangstür.

Jan schlich um das Haus. Er hatte nicht vor, von hinten einzusteigen, doch es war ihm lieber, jede Ecke selbst unter die Lupe zu nehmen. Dann streifte sich Jan ein paar dünne Handschuhe über. Im Umschlag waren die passenden Haustürschlüssel, die er jetzt aus der Hosentasche zog. Jan betrat das Haus und schlich durch den dunklen Hausflur auf die Wohnungstür zu.

Er hatte absichtlich kein Licht angemacht, denn er wusste, dass die meisten Mehrfamilienhäuser eingebaute Spione in den Türen hatten.

Leise öffnete er die Wohnungstür und horchte hinein. Alles war ruhig. Das alte Ehepaar war schlafen gegangen. Jan schlich auf Zehenspitzen durch die Wohnung und zog den Revolver. Er kam an der Küche vorbei, durch deren Fenster das schwache Licht der Straßenlaternen hereindrang.

Jan nutzte das schummrige Licht und schraubte den Schalldämpfer auf den Lauf. Schnell fand er das Schlafzimmer, dessen Tür nur angelehnt war.

Dummerweise hatte das Paar die schweren Vorhänge vor dem Fenster zugezogen. Im Schlafzimmer war es finster wie in einer Gruft.

Er würde das Licht anschalten und den Überraschungseffekt nutzen müssen, um sie beide schnell und effektiv töten zu können.

Jan tastete nach dem Schalter, der neben der Tür sein musste. Als das Deckenlicht im Zimmer anging, setzten sich der Mann und die Frau fast gleichzeitig aufrecht im Bett hin, hielten die Zeigefinger vor den Mund und zeigten mit dem anderen Zeigefinger jeweils auf den Partner.

Das Paar betrachtete sich, als würden sie sich zum ersten Mal sehen.

Zehn Sekunden schauten sie sich mit großen Augen und offenem Mund fassungslos an.

„Aber …!“, entfuhr es ihnen synchron. Dann brauchten sie noch eine Sekunde, um zu begreifen, was jeder für den anderen geplant hatte.

Jan stand still im Zimmer, den Revolver aufs Ehebett gerichtet.

Ohne Vorwarnung fielen sie übereinander her.

„Du Schuft, du willst mich umbringen lassen. Nach allem, was ich für dich aufgegeben habe!“, schimpfte die Frau und schlug mit Fäusten auf ihren Mann ein. Nach dem ersten Überraschungsangriff fing er sich, begann sie abzuwehren und drückte sie auf ihre Bettseite zurück.

„Ich wusste, dass du mich beseitigen willst, ach, hätte ich doch eher etwas unternommen!“, schrie er.

Den Killer hatte das Paar vergessen. Jan stand da, als habe er den letzten Bus verpasst.

Er musste die beiden Streithähne auseinanderbekommen.

So konnte er keinen von ihnen tödlich treffen, ohne das ganze Magazin zu verballern.

Jan löschte das Licht, das einzige Mittel, um sie voneinander zu trennen. Doch er hatte sich getäuscht. Irgendetwas flog knapp an seinem Kopf vorbei. Er spürte einen Lufthauch am Ohr. Dann polterte etwas vom Nachtschrank.

Jan hob den Revolver in die Höhe und wollte einen Warnschuss abgeben. Er drückte ab, doch es passierte nichts. In der Dunkelheit konnte er den Grund der Ladehemmung nicht untersuchen. Er hörte ein Röcheln, danach einen dumpfen Stoß. Jan wurde es zu bunt. Er schaltete das Licht wieder an und betrachtete das Ehebett.

Die Frau hatte sich im Kampf von ihrer Bettdecke freigestrampelt, ihr Kopf ruhte still unter einem bunt geblümten Kopfkissen. Ihr Arm hing seitlich neben dem Bett. In der Hand hielt sie eine Nachttischlampe, dessen gläserner Schirm zersplittert war. Den Rest des einstigen Schirms entdeckte Jan auf der blutverschmierten Glatze des Ehemanns, der merkwürdig verdreht neben der Frau im Bett lag.

Jan schaute auf das tote Ehepaar und schüttelte entsetzt den Kopf. So etwas hatte er noch nie erlebt. Ihm war klar, dass er der Auslöser dieser Tragödie gewesen war. Er fühlte sich etwas benommen und eine leise Trauer befiel ihn, wenn er daran dachte, was alles in einem langen Eheleben passieren musste, dass man einen Killer auf den Partner hetzte.

Verwirrt verließ Jan die Wohnung. Vor dem Haus erwartete ihn Torsten ungeduldig. Er schien etwas auf dem Herzen zu haben.

„Lass uns verschwinden, ich glaube, hier trifft gleich Besuch ein."

Jan schaute Torsten fragend an.

„Was meinst du damit?"

„Hier hat ständig eine schwarze Limousine die Runde gedreht, als würde der Fahrer nach irgendetwas Ausschau halten."

Jan nickte wissend und winkte Torsten schnell zum Auto. Er hatte den Wagen kaum gestartet, als Jan im Rückspiegel einen Streifenwagen in den Niendorfer Weg einbiegen sah.

Torsten folgte Jans Blick.

„Siehst du, was habe ich dir gesagt."

Jan setzte den Blinker nach links und bog auf die Hauptstraße Richtung Innenstadt ein.

„Hast du Kostolowski je zu Gesicht bekommen?", wollte Jan wissen.

„Den Miethai? Nein, warum fragst du?"

„Weil ihm die Limousine gehört", antwortete Jan.

„Was will der denn von uns? Meinst du, er hat uns die Polizei auf die Fersen geschickt?"

Jan hielt vor einer roten Ampel an. „Keine Ahnung. Ich weiß nicht, was er vorhat. Vor allem – woher weiß er von uns?"

Auch auf diese Fragen hatte Torsten keine Antworten.

Jan fuhr weiter, ließ die Osterstraße links liegen und bog an der nächsten Kreuzung in Richtung ‚Bierfass' ab.

Auf dem Weg dorthin erzählte Jan Torsten von seinem Erlebnis mit dem alten Ehepaar. So tragisch das Ganze auch endete, Torsten kicherte ständig vor sich hin.

„Das wird wieder ein prima Kapitel für mein Buch", freute er sich.

Allerdings hatte Torsten zu der Tatsache, dass in Jans Revolver keine Munition gewesen war, keine Erklärung.

Jan wollte ihm glauben, doch diesmal fiel es ihm schwer.

❖❖❖

Es war kurz vor Mitternacht, als sie das ‚Bierfass' betraten. Von den sechs Tischen war zu dieser späten Zeit nur noch einer besetzt. An der Theke hielten sich ein paar Nachtschwärmer an ihrem letzten Bier fest.

Rosi stand hinter der Theke wie eine Oberaufseherin in einem Gefängnis. Als sie Jan und Torsten sah, hellte sich ihr müde wirkendes Gesicht auf.

„Welch seltener Besuch!", rief sie ihnen zu.

Jan wollte von Rosi wissen, ob Ashley noch Dienst hatte. Rosi zeigte zur Küche. Ashley stand neben der Spüle, auf der sie die Blumenvasen von den Tischen aufgereiht hatte. Nacheinander hielt sie die Vasen unter den Wasserhahn.

Jan ging zu ihr und legte ihr die Hände von hinten auf die Schulter.

„Das musst du aber nicht machen“, sagte er im ruhigen Ton und strich ihr von hinten über die Oberarme.

„Rosi wird sauer, wenn ich nur so herumstehe und nichts mache.“

„Das mag schon sein, aber die Veilchen in der Vase sind aus Stoff.“

Ashley zog die Vase vom Wasserhahn weg.

„Und ich habe mich schon gewundert, dass sie so lange ohne Wasser auskommen.“

Rosi kam und blieb an der Küchentür stehen.

Ashley schrak zusammen, fühlte sich ertappt und erklärte: „Wollte nur mal die Vasen ausspülen.“

Rosi nickte.

„Gute Idee.“

Jan schaute Rosi an und fragte:

„Hast du mal eine Minute für mich?“

„Klar, willst du einen Kaffee?“

„Gern.“

Jan und Rosi setzten sich an den Küchentisch.

„Ashley, du müsstest mal kurz draußen die Stellung halten.“ Ashley nickte und verschwand.

„Was gibt es denn so Dringendes?“, fragte Rosi und schaute ihn erwartungsvoll an.

„Ich habe dich heute in Kostolowskis Auto einsteigen sehen. Kann es sein, dass du ihm von mir erzählt hast?“

„Von dir? Was soll ich ihm denn erzählen?“

Jan hob die Schultern.

„Weiß nicht. Vielleicht, was ich so mache?“, sagte Jan, denn irgendwie war er sich sicher, dass Torsten was erzählt hatte. Immerhin konnte man ihn nicht wirklich als schweigsam bezeichnen. Und wenn man dabei bedachte, dass er alles als ein Abenteuer betrachtete, das er literarisch festzuhalten versuchte …

„Ich weiß nicht, was ihr so treibt. Aber sag mal, spionierst du mir hinterher?“ Rosi stellte ihre Kaffeetasse unsanft auf den Tisch zurück.

„Nein“, versuchte Jan sie zu beruhigen. „Es war nur Zufall. Du standest ja an der Ecke Rosenstraße und ich bin zufällig zu meinem Haus gegangen.“

Rosi schwieg für einen Moment, dann erklärte sie: „Ich habe mich mit Kostolowski getroffen, weil ich noch mal mit ihm reden wollte. Ich hatte gehofft, dass er die Frist für die Zahlung noch etwas nach hinten verschieben würde."

„Und?"

„Er hat nicht nachgegeben!"

Jan holte tief Luft und stellte seinen Kaffeebecher ab.

„Ich verstehe nur nicht, warum er mich beobachtet. Was habe ich mit ihm zu tun? Dass ich für dich das Geld auftreiben will, davon weiß er doch nichts, oder?"

Rosi schüttelte entrüstet den Kopf. „Von mir ganz sicher nicht!"

„Außerdem glaube ich nicht, dass uns heute rein zufällig die Polizei auf die Pelle gerückt ist. Sie haben uns zwar nicht weiter verfolgt, aber da läuft irgendetwas im Hintergrund, von dem ich nichts weiß."

„Dann solltet ihr mit dem, was ihr tut, aufhören", erklärte Rosi.

Jan schaute sie an. Ihm war, als wüsste sie, was er tat, denn sie hatte mit keinem Wort versucht herauszufinden, womit sich er und Torsten beschäftigten. Aber vielleicht war sie auch einfach nicht neugierig. Jan beließ es dabei, stand auf und ging zurück in die Gaststube. Torsten saß wieder an seinem Stammplatz und starrte vor sich hin.

„Na, worüber denkst du nach?", fragte Jan.

Torsten hob die Schultern. „Ich frage mich die ganze Zeit, warum uns die Polizei nicht verfolgt hat. Sie hätte uns locker schnappen können."

„Vielleicht wissen sie, dass du mit deinem Buch noch nicht fertig bist?"

„Quatsch!" Torsten boxte Jan gegen die Schultern.

„Ich denke, es war eine Warnung! Wofür, weiß ich nicht", sagte Jan und drehte sich zu Ashley um, die sie beide von der Theke aus beobachtete. „Machst du uns mal zwei Bier?", rief Jan ihr zu.

Bevor sie den Zapfhahn betätigte, schob sie sicherheitshalber die Ärmel ihrer Bluse hoch.

7.

Torsten saß in der Küche. Es dämmerte gerade erst.

Im Bürogebäude gegenüber gingen die ersten Lichter an.

Tom gähnte, goss sich heißen Kaffee ein und setzte sich an den Küchentisch vor den Laptop.

Er wollte noch etwas an seinem Manuskript arbeiten, mit dem er gut vorankam. Dennoch schweiften seine Gedanken des Öfteren ab. Ständig musste er an den gestrigen Auftrag denken, daran, wie knapp sie der Polizei entwischt waren. Auch wenn Jan die ganze Sache nicht so wichtig zu nehmen schien – Torsten glaubte fest daran, dass sie beobachtet wurden. Vielleicht noch nicht beim ersten Auftrag, den Jan erhalten hatte, aber spätestens bei der Sache mit der Schriftstellerin war er sich sicher, dass man jeden ihrer Schritte verfolgte. Ihm konnte keiner weismachen, dass der Reporter rein zufällig vor dem Haus der Künstlerin aufgetaucht war.

Torsten war gespannt, worum es bei Jans letzten Auftrag gehen würde. Mit Sicherheit würde er der gefährlichste werden, davon war er fest überzeugt.

Er versuchte, sich wieder auf den Text vor ihm zu konzentrieren, als Jan in die Küche trat und sich einen Becher aus dem Schrank holte. Torsten sah, dass er den Umschlag mit dem letzten Auftrag in der Hand hielt. Jan legte ihn auf den Tisch, bevor er sich Kaffee einschenkte.

Torsten zeigte auf den Umschlag, den Jan geöffnet hatte, und schaute ihn an.

„Darf ich?"

„Klar, nur zu", antwortete Jan und setzte sich zu ihm an den Tisch.

Torsten holte einen Zettel aus dem Umschlag und las.

Kommen Sie um 14 Uhr ins Parkhaus Mitte nach Bremen. Das Geld und die Wohnungsschlüssel habe ich bei mir. Sie erkennen mich an meiner lila Handtasche. Seien Sie pünktlich, mein Mann war es nie …!

Torsten schaute Jan skeptisch an. „Das ergibt keinen Sinn. Woher weißt du, an welchem Tag der Auftrag über die Bühne gehen soll?"

„Da war noch ein zweiter Zettel drin, mit der Handynummer und dem eigentlichen Auftragsort. Ich sollte eine Nachricht schreiben, wenn ich den Umschlag öffne, und am gleichen Tag würde sie sich mit mir treffen."

Torsten nickte. „Gut, klingt einigermaßen logisch. Doch diesmal ist das Geld noch nicht im Umschlag gewesen ..."

Torsten runzelte nachdenklich die Stirn. „Macht es dich nicht etwas stutzig, dass du zum ersten Mal mit einer Auftraggeberin persönlich in Kontakt treten wirst? Immerhin wird sie dich sehen können, und wenn etwas schiefgeht, kann sie dich identifizieren."

Jan hob gleichgültig die Schultern.

„Das sind halt die Risiken, die man in diesem Job eingehen muss", antworte Jan gleichgültig.

Torsten dagegen verzog den Mund. „Nun tu nicht so, als wärst du ein Profikiller. Du solltest dir stattdessen mal darüber Gedanken machen, ob das nicht vielleicht eine Falle ist. Ich würde mich nicht wundern, wenn dir die Polizei in der Tiefgarage auflauert und man ganz in deiner Nähe eine Leiche mit Spuren findet, die auf dich hinweisen."

„Du siehst zu viele Krimis. Außerdem ist der eigentliche Auftrag in Oldenburg, so viel weiß ich schon."

„Na klar. Was Besseres fällt dir als Antwort nicht ein?"

Jan winkte ab. „Schon gut. Vielleicht hast du recht und ich sollte tatsächlich etwas vorsichtiger sein. Dafür fahre ich dich auch nach Bremen zu dem Treffen. Dann bist du ganz in der Nähe."

„Ich treffe mich mit dem Lektor, werde also keine Zeit haben, dir beizustehen."

„Aber allein die Gewissheit, dass du in dem Augenblick in der gleichen Stadt weilst, gibt mir die Zuversicht und den Mut, den ich brauchen werde."

Torsten holte tief Luft und klappte den Laptop vor sich zu. „Danke, verarschen kann ich mich selbst!"

Torsten wollte die Küche verlassen, als Jan ihn zurückhielt.

„Ach, übrigens, hättest du etwas dagegen, wenn wir Ashley mit nach Bremen nehmen? Sie war noch nie dort."

Torsten schüttelte den Kopf. „Nein."

„Gut, dann rufe ich sie schnell an. Sie soll vor dem ‚Bierfass' auf uns warten."

Torsten lehnte sich an den Türrahmen. „Was ist denn eigentlich aus dem letzten Treffen mit ihr geworden? Du hast mir nichts erzählt."

„Na ja, wir haben uns halt getroffen", antwortete Jan kurz.

Torstens Gesicht verfinsterte sich. „Das kannst du nicht mit mir machen, so wird das nichts."

„Was meinst du?", fragte Jan unschuldig.

„Du kannst mich nicht aus allem ausschließen und mir so den Stoff für meinen Roman entziehen."

Jan lachte laut auf. „Ach, du bist doch Schriftsteller, du wirst die Lücken sicher mühelos schließen können."

Mit diesen Worten verschwand Jan aus der Küche und ließ Torsten mit offenem Mund allein an der Küchentür zurück.

❖❖❖

Ashley stand an der Straße vor dem ‚Bierfass'. Sie trug eine weiße Bluse und einen schwarzen Minirock. Ihre schlanken Beine steckten in braunen Lederstiefeln.

Angestrengt hielt sie nach Jan Ausschau. Das Dumme war nur: Sie wusste nicht, welchen Wagen er fuhr.

Plötzlich hielt ein blauer Wagen vor ihr. Ein Mann ließ die Scheibe herunter und beugte sich über den Beifahrersitz.

„Na, schöne Frau, haben Sie Lust auf ein kleines Abenteuer?"

Ashley ging an den Wagen und beugte sich zum Fenster herunter.

„Kommen Sie von Jan?", fragte sie und wurde skeptisch.

„Wenn du willst, komme ich vom Saturn, Jupiter, woher du willst", flüsterte der Mann.

Ashley schaute sich unsicher um.

„Nun komm schon, Kleine, ich lass mich auch nicht lumpen." Der Mann rieb Daumen und Zeigefinger aneinander.

„Bei dir piept es wohl!", fuhr sie den Mann wütend an und trat gegen die Seitentür.

„He, spinnst du? Zu viel Koks genommen, oder was?"

Ashley hörte nicht mehr zu, wandte sich vom Auto ab, denn sie sah einen orangen Mercedes an den Bordstein heranfahren und erkannte Jan hinter dem Steuer.

Schnell ging sie auf den Wagen zu und sprang nach hinten auf die Rückbank.

Torsten drehte sich zu ihr um. „Was wollte der Typ denn von dir?"

Ashley verzog den Mund. „Och, der hat nur nach dem Weg gefragt."

Jan fuhr los und nahm die Autobahnauffahrt Richtung Bremen. Während der Fahrt beobachtete er Ashley im Rückspiegel – sie sah die ganze Zeit aus dem Fenster.

Ashley bemerkte seinen Blick.

„Schau nicht so, ich genieße die Aussicht. Du musst wissen: Ich war noch nie in Bremen."

Jan und Torsten nickten gleichzeitig und erklärten: „Dann wird es aber höchste Zeit."

Nach einer Weile fragte Ashley: „Hat einer von euch einen Fotoapparat dabei?"

„Klar! Ich wollte dich nachher auch bitten, mal ein paar Fotos zu machen, wenn ich mit meinem zukünftigen Lektor im ‚Celona' sitze. Sozusagen als Fototagebuch meiner beginnenden Karriere", sagte Torsten.

Ashley nickte. „Wird gemacht. Ihr müsst wissen, ich bin eine der weltbesten Fotografinnen. Ihr könnt von Glück sagen, dass ich den Termin mit dem französischen Staatspräsidenten absagen konnte!"

Torsten und Jan schauten sich grinsend an.

„Wir hatten uns schon gedacht, dass es nicht einfach werden würde", sagte Jan und schaute in den Rückspiegel.

❖❖❖

Jan parkte den Wagen im Parkhaus Mitte in der zweiten Etage. Hier würde er sich in knapp zwei Stunden mit der Auftraggeberin treffen. Er glaubte nicht, dass der Auftrag eine Falle war. Torstens Sorgen in Ehren, aber manchmal machte er aus einer Mücke einen Elefanten. Das lag ganz sicher an seiner blühenden Fantasie, die er als Autor auch brauchte. Jan war froh, dass es sein letzter Auftrag sein würde. Er wollte mit all dem nichts mehr zu tun haben. Diesen einen Auftrag noch, dann das Erbe seines Vaters abwickeln und wieder nach Hause fahren. Es wurde langsam Zeit, dass sein Leben endlich wieder in ruhiges Fahrwasser gelangte.

Alle drei fuhren mit dem Fahrstuhl nach unten und landeten direkt in einer überdachten Einkaufspassage.

Vor dem ersten Schuhgeschäft blieb Ashley stehen und zeigte auf ein paar rote Slipper. Sie drehte sich zu Torsten um.

„Wenn du eines Tages reich bist und wir uns dann noch kennen, kaufst du mir dann diese Schuhe?“

Torsten nickte.

„Nicht nur das. Ich kaufe dir auch die passende rote Yacht und ein passendes rotes Haus mit rotem Swimmingpool dazu.“

Ashley gab ihm einen leichten Klaps auf den Hinterkopf. „Blödmann, meinst wohl, ich merke nicht, wenn man mich verarscht.“

In ausgelassener Stimmung nahm sie Torsten an die rechte und Jan an die linke Hand. „Nun lasst uns endlich die Stadt erkunden!“

Nach einer knappen Dreiviertelstunde, in der sie das Schnoor-Viertel, die Böttcherstraße samt Glockenspiel, das Rathaus mit den Bremer Stadtmusikanten (dort hatte Torsten ihr die Handhabung des Fotoapparates erklärt) und den Dom angesehen hatten, standen sie mitten auf dem Marktplatz und schauten auf einen großen eckigen Glaskasten.

„Kann man da drinnen was essen?“, fragte Ashley, und als Torsten zustimmend nickte, rannte sie wie eine Verhungernde darauf zu.

Torsten und Jan folgten ihr langsam.

„Hatte ich schon erwähnt, dass Ashley eine ganz außergewöhnliche Frau ist?“, fragte Torsten.

„Ja, hast du“, antwortete Jan und hielt Torsten die Tür zum Café auf.

Trotz des großen Andrangs fanden sie in der ersten Etage einen freien Tisch am Fenster.

Ashley setzte sich und schaute sich um. Sie zeigte nach unten.

„Schau mal, da kann man durchgucken.“ Sie blickte auf einen Gast, der unter ihr saß.

„Stellt euch vor, ich würde meine Cola verschütten, dann

würde die Frau unter mir klebrige Haare bekommen, ohne es zu wissen." Sie kicherte wie ein kleines Mädchen.

Nachdem sie ihr Essen und die Getränke bestellt hatten, kippte Ashley nun doch keine Cola um. Sie hatte sich sicherheitshalber ein Glas Wasser zum Schnitzel mit Kartoffeln und Mischgemüse bestellt.

Torsten und Jan hatten sich für eine Folienkartoffel entschieden. Torsten ließ die Hälfte des Essens stehen. Er war zu aufgeregt. Bald würde er mit dem Lektor zusammentreffen.

„Meint ihr, ich hätte lieber einen Anzug statt der Jeans und dem blauen Hemd anziehen sollen?"

Zum fünften Mal versicherte ihm Ashley, dass er gut aussah. Jan sagte nichts, schmunzelte nur still in sich hinein. Ashley setzte noch einen drauf und sagte im ernsten Ton: „Wenn du mein Typ wärst – was du nicht bist –, würde ich dich glatt vernaschen, ehrlich!"

Ashley sah Jan an, der zustimmend nickte und sich köstlich amüsierte.

Plötzlich wurde Ashley unruhig und fluchte leise.

„So ein Mist!", rief sie so laut aus, dass sich sogar die Gäste am Nachbartisch zu ihr umdrehten.

Ashley schaute nach unten.

„Was ist denn?", fragte Torsten.

„Mir ist eine Erbse runtergefallen."

„Lass sie bitte liegen", mischte sich Jan ein.

„Ich kann sie auch nicht mehr aufheben, sie ist in den Milchkaffee der Frau unter mir gefallen. Meint ihr, ich sollte ihr Bescheid sagen?"

Jan holte tief Luft und sagte: „Besser nicht!"

Jan schaute vorsichtig durch die schmale Bretteröffnung nach unten. Er konnte die Frau sehen, die gerade ihren Becher zum Mund führte und wenig später das Gesicht verzog.

„Igitt", rief sie angewidert. „Ober, kommen Sie bitte mal!"

Torsten hob für alle sichtbar den Zeigefinger in die Luft und erklärte: „Ich denke, dies ist der geeignete Moment, in dem wir zur Theke gehen und unsere Rechnung bezahlen sollten."

Sofort erhoben sie sich und gingen zum Bezahlen an die Theke.

❖❖❖

Die drei bummelten noch etwas in der Stadt herum. Erst als Torsten auf die Uhr schaute und sah, dass es Zeit war, das ‚Celona' anzusteuern, machten sie sich zur Promenade an der Weser auf.

Als sie dort angekommen waren, zeigte Torsten stolz auf die Weser, die zu ihrer Rechten still und andächtig an ihnen vorbeifloss. Links reihten sich Kneipen, Restaurants, Cafés und Bars wie ungleiche Glieder einer Kette aneinander.

„Das ist die Schlachte", erklärte Torsten stolz, als wäre er der Erbauer.

Ashley schaute auf die breiten hohen Stufen, die zum Wasser führten und verzog den Mund, als hätte sie auf ein Pfefferkorn gebissen.

„Sag jetzt nicht, dass man dort früher Tiere geschlachtet und sich ihr Blut über die Stufen ergossen hat." Sie schaute auf die jungen Leute, die es sich genau dort gemütlich machten, ein Bier in den Händen hielten und auf die Weser schauten.

„Nein, Ashley. Schlachte kommt von schlagen. Im Mittelalter haben Kaufleute den Bereich hier an der Weser gekauft und Holzstämme in den Grund geschlagen, um einen Anlegeplatz für ihre Handelsschiffe zu haben."

„Da bin ich aber beruhigt", sagte Ashley, drehte sich nach links und schaute zum ‚Celona'.

„Dort triffst du dich mit deinem Lektor?", fragte sie.

Torsten nickte und schaute erneut auf die Uhr.

„In einer Viertelstunde."

Jan schaute ebenfalls erschrocken auf seine Uhr.

„So spät ist es schon?"

„Du willst jetzt weg?", wunderte Ashley sich.

„Ja, wenn ich fertig bin, komme ich ins ‚Celona'."

Ohne eine weitere Erklärung verschwand Jan.

Torsten schob Ashley in Richtung Café.

„Und wir gehen jetzt da rein. Dort wirst du die große Ehre haben, an einem historischen Ereignis teilnehmen zu dürfen."

Torsten und Ashley betraten das ‚Celona'. Es war um diese Zeit gut besucht. Ein angenehmes Stimmengewirr erfüllte das Café.

Torsten steuerte einen der wenigen freien Tisch in einer Ecke am Fenster an. Als Ashley sich schon setzen wollte, zeigte er ihr einen Platz am Nachbartisch.

„Sei mir nicht böse, aber könntest du dich dahin setzen?“

Ashley schaute ihn gekränkt an.

„Heißt das, du willst mich nicht dabeihaben? Nur weil ich gesagt habe, dass du nicht mein Typ bist? Aber ich kann doch nichts dafür!“

Torsten schüttelte entschuldigend den Kopf. „Nein, deshalb nicht. Ich denke, es ist besser, wenn ich mit dem Lektor alleine rede. Und außerdem kannst du vom Nachbartisch viel bessere Fotos machen“, versicherte er ihr, doch Ashley wollte sich nicht so einfach abschieben lassen.

„Was bekomme ich dafür, dass ich während deines Gesprächs mit dem Lektor nicht zu euch komme und dir eine Szene mache?“

„Was für eine Szene?“

„Ich könnte behaupten, dir heimlich gefolgt zu sein, um dich in flagranti mit deinem neuen Lover zu erwischen. Meinst du es wäre deinem Lektor peinlich, wenn …?“

Torsten hob beide Arme in die Luft, als Zeichen, dass er sich geschlagen gab.

„Ist gut, ich habe verstanden. Du darfst dir zum Trost alles von der Speisekarte bestellen, was du willst, ich überziehe meinen Dispokredit und bezahle.“

Zufrieden schlenderte Ashley zum Nachbartisch, setzte sich und schlug die Speisekarte auf.

❖❖❖

Ashley aß bereits das zweite Stück Apfelkuchen mit Sahne, als ein stattlicher, großer Mann im Anzug das Café betrat. Sie hätte ihn übersehen, denn es kamen und gingen ständig Gäste, wenn er nicht an Torstens Tisch getreten wäre und Torsten vor Schreck beim Aufstehen fast den Stuhl umgestoßen hätte. Ashleys Gabel blieb auf halben Weg zum Mund unvermittelt in der Luft stehen, doch als sie einsehen musste, dass sie kein Wort von der einsetzenden regen Unterhaltung verstehen konnte, beendete die Gabel samt Kuchenstück den Weg zum

Mund. Dabei überflog sie bereits die weiteren Angebote auf der Speisekarte.

❖❖❖

Es war kurz vor vierzehn Uhr, als Jan erneut die zweite Etage des Parkhauses über den Fahrstuhl betrat. Obwohl es in der Einkaufspassage von Touristen wimmelte, waren die Stellplätze des Parkhauses nur mäßig belegt.

Er überlegte, ob er sich ins Auto setzen und ein paar Runden fahren sollte, doch dann entschied er sich dagegen.

Noch bevor er ausstieg, griff er ins Handschuhfach und holte eine Sonnenbrille hervor. Er setzte sie auf und blickte sich um. Er war finster um ihn herum. Er beschloss, lieber wie ein Halbblinder herumzulaufen als das Risiko einzugehen, möglicherweise erkannt zu werden. Als er sich von seinem Auto entfernte, stieß er mit dem Schienbein prompt gegen den Kotflügel eines geparkten Wagens. Zum Glück verlief der Zusammenstoß für Auto und Knochen glimpflich.

Nach ein paar Schritten sah er in einer Einbuchtung eine Frau an einem grauen Golf stehen.

Sie trug ein schwarzes Kostüm. Eine große, dunkle Sonnenbrille verbarg ihr Gesicht. Er sah die lilafarbene Handtasche, die nicht zu ihrem Outfit passte. Ansonsten hätten Jan und die fremde Frau gut zwei Pauschaltouristen sein können, die sich im gleißenden Licht der karibischen Mittagssonne zu einem Rendezvous am Pool verabredet hatten.

Auch sie wurde auf ihn aufmerksam.

„Sie sind …?“

„Ja, das bin ich“, schnitt Jan ihr das Wort ab und zeigte ihr den Brief.

Sie öffnete die Handtasche, schaute sich um und entnahm ihr ein Bündel Geldscheine, das in einer Zeitung eingewickelt war, sowie den Schlüssel für die Haustür.

„Heute Nacht? Ich kann mich auf Sie verlassen?“

„Klar“, antwortete Jan und steckte das Geld und den Schlüssel in die Innentasche seiner Jacke.

Sie erklärte ihm kurz, wie er zum Haus gelangte und beschrieb mit ein paar knappen Angaben ihren Mann.

Jan nickte stumm, und als sie mit ihren Anweisungen für den Auftrag fertig war, reichte er ihr zum Abschied die Hand. Die Frau beachtete weder ihn noch seine ausgestreckte Hand und stieg stattdessen, ohne ein weiteres Wort an ihn zu richten, ins Auto und schloss die Fahrertür.

Jan drehte sich um und ging.

Er hatte kaum seinen Wagen erreicht, als der graue Golf bereits an ihm vorbeischoss.

Jan wartete noch einen Augenblick, dann ging er am Fahrstuhl vorbei, nahm die Treppe nach unten und mischte sich in der Einkaufspassage wieder unter die Menschen.

❖❖❖

Die Frau hielt ihren grauen Golf vor der Ausfahrt an, nahm ihr Handy aus dem Handschuhfach und wählte. Es klingelte zweimal, dann meldete sich eine Männerstimme.

„Und …?“

„Der Mann, auf den Ihre Beschreibung passt, hat sich gerade mit mir getroffen und den Auftrag angenommen“, sagte sie und hörte ihren Gesprächspartner kurz darauf auflegen.

Die Frau schob den Parkschein in den Automaten und wartete, bis die Schranke nach oben ging. Dann startete sie den Wagen und fuhr davon.

❖❖❖

Nach vier Stück Apfelkuchen mit Sahne, drei Milchkaffees und einem Nudelauflauf dachte sich Ashley, dass es an der Zeit sei, ein paar Bilder von Torsten und dem Lektor zu machen. Sie griff zum Fotoapparat und knipste von ihrem Tisch aus zwei Bilder von ihnen.

Dann ging sie nach draußen, stellte sich vor die Glasscheibe und schoss so unauffällig wie möglich zwei weitere Bilder. So langsam fand sie Gefallen daran. Sie ging wieder rein, umkreiste in großer Entfernung den Tisch, an dem Torsten saß und machte aus sämtlichen Blickwinkeln weitere Bilder.

Sie fühlte sich wie im Rausch und fand, unter all den Fotos müsse unbedingt ein künstlerisch wertvolles Bild sein. Torsten würde von ihrer Kreativität begeistert sein, dessen war sie sich sicher.

Ashley stieg auf einen Stuhl, reckte die Arme in die Luft und versuchte eine Aufnahme hinzubekommen, das es aussah, als hätte sie das Bild von der Decke aus aufgenommen.

Erst das Geräusch von berstendem Holz machte ihr klar, dass sie sich mit ungewollter Geschwindigkeit auf den Fußboden zu bewegte.

Die dünne Sitzfläche des Stuhls hatte ihren akrobatischen Eskapaden nicht standgehalten und war entzweigebrochen.

Im Fallen klammerte sie sich, einem verzweifelten Instinkt folgend, an der Tischdecke fest und riss das Geschirr mit sich zu Boden.

Torsten hörte das Klirren von Porzellan und schaute zum Nachbartisch. Auch der Lektor schaute in die gleiche Richtung, sprang vom Tisch auf und kam Ashley zur Hilfe. Er bot ihr seine Hand an, die sie dankbar ergriff. Erschöpft ließ sie sich von ihm hochziehen.

„Tut mir leid“, jammerte sie an Torsten gewandt.

Der Lektor schaute abwechselnd Torsten und Ashley an, als würde er einem Tennismatch folgen.

Dann blieb sein Blick an Torsten kleben.

„Sagen Sie jetzt nicht, dass diese gutaussehende, junge Frau zu Ihnen gehört!“

Torsten nickte wortlos. Ashley kam ihm zur Hilfe. „Ich wollte ein paar Bilder von Torsten knipsen. Er steht doch jetzt am Anfang einer großen Karriere“, erklärte sie mit großer Überzeugung.

„Das will ich hoffen“, antwortete der Lektor und bat Ashley, sich zu ihnen zu setzen. Dann betrachtete er sich die Kamera.

„Sind sie denn wenigstens gut geworden?“, wollte er wissen.

Ashley schaute ihn fragend an. „Woran kann ich das denn jetzt schon sehen?“

„Das ist eine Digitalkamera“, flüsterte Torsten ihr zu.

„Ach so“, entgegnete Ashley schulterzuckend.

Neugierig rückten die drei zusammen und schauten sich die Bilder an. Auf zwei von ihnen sahen sie die Spiegelung des

Fensters und erkannten Ashley, wie sie den Fotoapparat vors Gesicht hielt. Der Lektor schmunzelte. „Die sind auch sehr außergewöhnlich“, sagte er.

„Man kann genau erkennen, was die anderen Gäste gerade essen.“

Er blätterte per Knopfdruck weiter.

„Die würde ich vielleicht löschen, oder?“

Ashley schaute auf die Bilder und dann kurz unter den Tisch.

„Das sind eure Beine, muss wohl beim Sturz passiert sein!“

Ashley musste einsehen, dass die Ausbeute an guten Fotos eher mager ausgefallen war. Doch der Lektor beruhigte sie.

„Keine Angst, wir haben im Verlag eine gute Presseagentur. Die Leute dort kümmern sich darum, dass Torsten ins rechte Licht gesetzt wird.“

Ashley war erleichtert. Andererseits fragte sie sich, ob Torsten von dieser Agentur wirklich nichts gewusst hatte, dann hätte sie sich diese ganze Aktion nämlich sparen können.

❖❖❖

Jan betrat das ‚Celona‘ und staunte nicht schlecht, als er Torsten und Ashley angeheitert an einem der Tische antraf. Ashley kicherte und hörte Torsten zu, der überschwänglich von Ruhm und Ehre redete. Sie hatten Spaß und begrüßten Jan überschwänglich.

“Leider ist mein Lektor schon gegangen. Er hatte noch einen anderen dringenden Termin“, lallte Torsten und klopfte auf den leeren Stuhl neben sich. „Komm, setz dich und trink was mit uns!“ Er hielt ihm eine Flasche Sekt hin.

„Ich denke, es wäre besser, wenn wir uns jetzt auf den Weg machten.“

„Och nö“, jammerte Ashley. „Es ist gerade so schön.“

„Tut mir leid, aber ich habe heute noch was vor“, sagte Jan.

„Du kannst ja schon vorgehen“, schlug Ashley vor.

„Und wer bezahlt euer Gelage?“, fragte Jan an Torsten gewandt.

Ashley zeigte auf Torsten. „Es geht alles auf Rechnung unseres Star-Autors.“ Sie klopfte ihm dankbar auf die Schulter.

„Ach so, na dann noch viel Spaß." Jan wandte sich zum Ausgang. Torsten rief ihn zurück.

„Könntest du mir finanziell aushelfen?", lallte er.

Jan grinste. „Gern, wenn wir sofort aufbrechen."

Torsten nickte zustimmend und zog Ashley vom Stuhl hoch.

„Besser wir hören auf Jan, sonst müssen wir, besoffen wie wir sind, noch abwaschen."

„Na gut, wir können ja noch woandershin gehen", schlug Ashley vor, ohne dass Torsten oder Jan ernsthaft darauf eingingen.

Jan ging zur Kellnerin, bezahlte die Rechnung und konnte froh sein, dass sie ihm den zerbrochenen Stuhl nicht in Rechnung stellte.

Auch wenn Jan die beiden aus dem ‚Celona' herausbekam, brauchte er noch eine geschlagene Stunde, bis sie endlich das Parkhaus erreichten und er sie ins Auto verfrachten konnte. Ständig hatten sie die Richtung geändert und waren auf die Kneipen zugelaufen, die auf dem Weg gelegen hatten.

Jan hatte Bremen kaum hinter sich, als er ein leises Schnarchen vom Rücksitz hörte.

Während er fuhr, beschloss er, Ashley mit sich nach Hause zu nehmen. Es war einfacher, als sie in ihrem Zustand die unzähligen Stufen nach oben in ihre Dachgeschosswohnung zu schleppen.

In der Osterstraße angekommen, gelang es Torsten mit seinen letzten Kraft- und Orientierungsreserven, sein Zimmer und das Bett alleine zu finden. Dagegen musste Jan Ashley bis ins zweite Gästezimmer die Treppe hochtragen. Sie sackte auf dem Bett zusammen und schlief sofort ein.

Jan ging nach unten, nahm den Telefonhörer ab und wählte Rosis Nummer. Als sie sich meldete, sagte er:

„Hallo Rosi, ich wollte dir nur mitteilen, dass Ashley heute Abend nicht bei dir arbeiten kann. Sie hat mit Torsten darauf angestoßen, dass der Verlag seinen Roman veröffentlichen möchte. Leider haben beide etwas über den Durst getrunken."

„Nicht schlimm, mache den Laden eh nicht mehr auf."

„Was sagst du da?" Jan wunderte sich. „Warum lässt du das ‚Bierfass' denn geschlossen?"

„Na, weil es auf einen Tag mehr oder weniger auch nicht mehr ankommt. Ich bekomme das Geld für Kostolowski nicht mehr zusammen und wenn ich meinen letzten Schlüpfer dafür versetzen müsste. Vierzigtausend Mäuse sind eine ganze Menge Geld."

„Du hast neulich nicht zugehört", sagte Jan. „Ich habe das Geld zusammen, wenn du willst, bringe ich es dir heute noch vorbei!"

Er hörte Rosi bitter auflachen. „Lass mal, behalte dein Geld für dich. Du hast dafür bestimmt eine bessere Verwendung, als es Kostolowski in den Rachen zu werfen. Letztendlich geht es ihm nicht um das Geld. Er würde sich immer wieder was Neues ausdenken, um mich am Boden kriechen zu sehen."

„Worum geht es denn wirklich?", wagte sich Jan vor, obwohl er wusste, dass ihn das nichts anging.

Rosi antwortete nicht. Stattdessen lauschten sie beide für eine Minute auf den Atem des anderen in der Leitung.

Jan brach das Schweigen. „Was machst du denn gerade?", versuchte er das Thema zu wechseln.

„Ich räume meine paar Habseligkeiten zusammen. Du glaubst nicht, wovon man sich alles trennen kann, wenn man muss."

„Soll ich vorbeikommen und dir helfen?"

„Nein, ich will lieber alleine bleiben. Solche Momente genießt man besser für sich."

„Na gut, dann sehen wir uns später."

„Bis dann, und pass auf dich auf", entgegnete Rosi und legte auf.

❖❖❖

Rosi schaute sich in ihrer Kneipe um.

Sie hatte die vollen Flaschen aus den Regalen hinter der Theke in Kartons verstaut. Ihre privaten Sachen passten in drei Koffer. Sehr wenig für ein langes Leben. Die Uhr über der Tür und den Nippes auf den Fensterbänken hatte sie stehengelassen. Das würde sie morgen erledigen. Das ‚Bierfass' sollte nicht noch trostloser aussehen als es schon war. Rosi ging in die Küche, goss sich Kaffee ein und setzte sich an einen der Tische.

Wieder schaute sie sich um. Das hier war ihr Leben gewesen. Sie hatte nie etwas anderes gemacht als hinter der Theke zu stehen, Getränke auszuschenken und das Essen an die Tische ihrer Gäste zu bringen.

Was sollte sie nun anfangen mit dem Rest ihres Lebens?

Und doch, ganz tief in ihrem Inneren wusste sie, dass es nicht das Ende ihres Lebens war. Sie würde etwas Neues anfangen. Sie war kein Mensch, der so schnell aufgab.

Das Angebot, Jans Geld zu nehmen, war verführerisch gewesen. Doch sie wollte es schon immer aus eigener Kraft schaffen. Es war nichts Schlimmes daran, sich eingestehen zu müssen, dass man manchmal auch in eine Sackgasse geriet, aus der es keinen Rückweg mehr gab.

So wie bei Jan. Rosi wusste, was er tat, womit er sein Geld verdiente. Sie hätte ihn von Anfang an aufhalten können, doch dann hätte sie ihn in ihr Geheimnis einweihen müssen, etwas, wofür es noch zu früh war. Sie hatte einen Rückzieher gemacht, war feige gewesen. Doch nun war der Moment gekommen, einen anderen Weg einzuschlagen.

Rosi holte tief Luft, trank einen Schluck Kaffee und stand vom Tisch auf.

„Es ist Zeit, dass ich reinen Tisch mache“, sagte sie zu sich und hoffte, dass sie den Entschluss, den sie soeben gefasst hatte, nicht bereuen würde.

❖❖❖

Jan hatte sich aus dem Bücherregal einen Roman genommen, einen Krimi, und sich aufs Sofa gelegt. Nach ein paar Seiten war er eingeschlafen. Als er nun aufwachte, war es höchste Zeit, sich fertig zu machen. In einer halben Stunde musste er sich auf den Weg machen. Er staunte, dass er so gelassen war. Er hatte gut geschlafen und keinen Gedanken an seinen bevorstehenden Mordauftrag verloren.

Jan war sich sicher, dass er heute nicht so einfach davonkommen würde. Er musste den Ehemann seiner Auftraggeberin umbringen. Jan rechnete nicht damit, dass der Mann ihn bereits auf dem Dach des Hauses erwartete und bei seinem Eintreffen freiwillig heruntersprang und sich dabei das Genick brach.

Jan überprüfte den Revolver. Diesmal konnte er sich keine Ladehemmung leisten.

Bevor er ging, schaute er kurz bei Torsten und Ashley ins Zimmer, doch beide weilten immer noch in ihren alkoholgetränkten Träumen. Jan ließ sie schlafen und verließ das Haus.

❖❖❖

Torsten wachte auf und versuchte, die schweren Augenlider zu öffnen. War es Tag oder mitten in der Nacht? Er drehte sich nach dem Wecker auf dem Nachttisch um, doch das Hämmern in seinem Schädel machte jede noch so kleine Bewegung unmöglich.

Ihm fiel die Uhr am Handgelenk ein. Unter großer Kraftanstrengung versuchte er die Ziffern zu erkennen. Er hatte keine Chance. Alles verschwamm vor seinen Augen.

Hatte Jan für heute nicht einen Auftrag angenommen? Er erinnerte sich nur schwach an den Inhalt des Umschlags. Verdammt, er musste aufstehen. Mühevoll versuchte er, sich aus dem Bett zu erheben. Doch kaum schwebte sein Kopf ein paar Zentimeter über dem Kissen, da war es ihm, als säße er in einer Achterbahn, die sich eigens für ihn zusätzlich um die eigene Achse drehte.

Torsten ließ sich zurück aufs Kissen sinken, es hatte keinen Zweck, er war lahmgelegt. Da half nicht einmal die Einsicht, so kurz vorm Ziel versagt zu haben. Resigniert schloss er die Augen und schlief augenblicklich wieder ein.

❖❖❖

Kostolowski parkte die schwarze Limousine in einer Seitenstraße.

Bis jetzt hatte alles ganz prima geklappt. Die Frau, die mit dem Auftrag, ihren Mann zu ermorden an ihn herangetreten war, hatte mitgespielt. Er hatte ihr nicht verraten, warum es ihm so wichtig war, dass sie ihm die Geldübergabe in der Parkgarage bestätigen sollte. Er hatte die Frau aus seinem persönlichen Vorhaben heraushalten wollen. Sie musste nicht wissen, dass er mit ihrem Auftrag einen weiteren unliebsamen Mitmenschen beseitigen wollte.

Kostolowski ging auf das Haus zu. Er trug einen schwarzen Anzug, den Hut auf dem Kopf hatte er sicherheitshalber tief ins Gesicht gezogen. Er wollte nicht riskieren, dass ein Nachbar ihn im Nachhinein beschreiben konnte.

Kostolowski klingelte und wartete auf den Mann, dem er gleich eine Kugel in die Stirn verpassen würde. Der Schalldämpfer steckte bereits auf Kostolowskis Revolver.

❖❖❖

Herbert Klein stand auf dem Küchenstuhl und wischte mit einem feuchten Tuch den Lampenschirm über dem Esstisch ab.

Seine Frau hasste Staub und Unordnung in der gemeinsamen Wohnung. Aber er hielt nicht nur wegen ihr die Wohnung so in Schuss. Seit Tagen hatte er das untrügliche Gefühl, dass seine Frau hinter sein Verhältnis mit einer anderen Frau gekommen war. Er merkte es an ihrem Blick, der ihn wie ein Laserstrahl Tag für Tag durchleuchtete, wenn sie von der Arbeit kam.

Herbert war kein Narr, er wusste, dass sie sein Verhältnis nicht hinnehmen würde. Längst ahnte er, dass sie ihn aus dem Weg räumen lassen wollte. Es war die angemessene Art für seine Frau, mit diesem Problem umzugehen. Alles andere wäre ein Eingeständnis, dass sie nicht in der Lage war, ihn fester an die Zügel zu nehmen. Er wusste, dass allein dieser Verdacht ihr Übelkeit verursachen würde.

Als es an der Tür klingelte, wäre Herbert vor Schreck fast vom Stuhl gefallen und hätte die Lampe beinahe aus der Deckenhalterung gerissen.

Herbert schlich zur Tür. War jetzt der Augenblick gekommen, in dem ein Auftragskiller vor dem Haus stand und nur darauf wartete, dass er öffnete, um ihn zu umzubringen?

Zu jedem anderen Zeitpunkt hätte er sich dem Schicksal ergeben und die Tür geöffnet, aber dieser Augenblick war nicht der richtige.

Herbert musste mit Schrecken daran denken, dass er das Bad noch nicht geputzt hatte. Ausgerechnet heute wollte er dem Schimmel in der Dusche zu Leibe rücken, der sich allmählich in die Ritzen der Badfliesen zu fressen begann. Er konnte nicht sterben, bevor das nicht erledigt war.

Herbert fasste seinen ganzen Mut zusammen, schaute kurz hinter der Gardine stehend aus dem Fenster und rief dem Mann durch die geschlossene Tür zu:

„Tut mir leid, jetzt ist nicht der richtige Zeitpunkt, kommen Sie doch später wieder. Im Moment bin ich nicht dazu bereit!"

❖❖❖

Kostolowski hörte den Mann etwas aus dem Inneren des Hauses rufen. Er musste direkt hinter der Tür stehen. Er hatte keine Zeit sich über die Worte des Mannes zu wundern oder sie gar zu deuten, denn hinter ihm auf der Straße hörte er ein Auto kommen. Instinktiv entfernte er sich von der Tür und dem Haus. Als er zur Straße sah, wurde ihm klar, dass er richtig handelte, denn er erkannte den Mercedes von Jan Petersen.

Kostolowski trat auf den Fußweg und verschwand in der Seitenstraße, in der sein Wagen stand.

❖❖❖

Sein letzter Auftrag führte Jan nach Metjendorf. Er hatte die Leuchtenburger Straße schnell gefunden und parkte am Straßenrand, direkt gegenüber dem Haus, dessen Bewohner er gleich einen unerfreulichen Besuch abstatten würde.

Jan blieb einen Augenblick im Auto sitzen und schaute zum Haus hinüber.

Es war ein kleines Einfamilienhaus aus den Dreißigerjahren. Vor dem Haus konnte er trotz der Dunkelheit einen gepflegten Rasen erkennen. Ein Kiesweg, der den Rasen teilte, führte direkt zum Haus. Von außen betrachtet wirkte alles ordentlich, geradezu spießig. Jan stieg aus und ging auf das Haus zu. Als er den Kiesweg betrat, ging das Licht an der Eingangstür an. Der untere Teil des Hauses, der gerade noch im Dunkeln gelegen hatte, erwachte zum Leben.

Die Haustür vor ihm öffnete sich.

Er sah einen Mann an der Tür stehen, der ihn direkt anschaute.

Jan ließ die Hand in der Hosentasche. Seine Finger umschlossen den Griff des Revolvers. War es jetzt schon nötig, ihn zu benutzen? Doch irgendetwas ließ ihn zögern. Nach der Beschreibung der Frau aus dem Parkhaus stand er vor seinem Opfer, das ihn gerade unverblümt heranwinkte.

„Verdammt, der Augenblick ist total ungünstig", rief er ihm zu.

„Das habe ich schon Ihrem Kollegen gesagt."

Jan drehte sich um, doch er sah niemanden. Dann ging er auf ihn zu, jederzeit bereit, den Revolver auf ihn zu richten und abzudrücken.

„Welcher Kollege denn?"

Der Mann winkte ab. „Ist jetzt auch egal. Wenn Sie nun schon mal da sind, dann kommen Sie endlich rein. Sie glauben ja nicht, wie neugierig die Nachbarschaft ist."

Er machte Jan den Weg frei und sagte besorgt: „Gerede ist das Letzte, was ich jetzt gebrauchen kann!"

Dann schloss er die Tür hinter Jan.

Der Mann ging in die Stube voraus und streifte sich dabei Gummihandschuhe von den Händen.

„Ich weiß, dass meine Frau Sie geschickt hat, um mich umzubringen. Sie brauchen nicht zu antworten, ich habe es an Ihrem entschlossenen Blick gesehen. Augen lügen nicht."

Jan kratzte sich am Hinterkopf. Er kam sich ein bisschen fehl am Platz vor. Was sollte das hier? War er in das Haus eines Psychologen geraten, der sich auf Auftragsmörder spezialisiert hat, um sie von ihrer bevorstehenden Tat abzubringen?

Jan rümpfte die Nase. Es roch streng nach Desinfektionsmittel. Vielleicht war der Mann ja auch nur irre, dann war es wirklich Zeit, den Mann aus dem Weg zu räumen, damit sich seine Frau die Kosten für einen teuren Anwalt sparen konnte.

Der Mann bot Jan einen Kaffee an. Er lehnte ab, ließ aber den Blick nicht von ihm. Der Mann war mittelgroß, schlank und hatte, von den Geheimratsecken abgesehen, dunkelblondes, volles Haar.

„Ich weiß, Sie halten mich sicher für merkwürdig", sagte der Mann und setzte sich in einen Sessel. „Ich vermute schon seit geraumer Zeit, dass mich meine Frau umbringen lassen will. Um das zu verstehen, müssten Sie meine Frau kennen."

Jan nickte diesmal nicht, der Mann fuhr dennoch fort. „Nun, sie ist eine harte Geschäftsfrau, die bei ihren Angestellten und auch bei mir keinerlei Schwächen duldet. Ihre Mitarbeiter haben es unter ihrer Führung nicht leicht. Der kleinste Fehler, und sie fliegen raus. Bei mir ist das etwas anders, mich kann sie ja schlecht rauswerfen."

Der Mann gab ein Geräusch von sich, das im Ansatz wie ein ausgelassenes Lachen klingen sollte.

„Bei einer Scheidung würde die Fassade bröckeln, Sie verstehen?" Der Mann machte mit den Fingern unsichtbare Kreise auf der Tischdecke. „Ich habe mich vor geraumer Zeit in eine andere Frau verliebt. An sich hätte meine Frau für diesen Fall sicher ein Arrangement gefunden, nur – der Haken ist … die Frau …"

Der Mann überlegte kurz, dann fuhr er fort: „Sagen wir mal so, es handelt sich um die Managerin der ‚Boje', einem Bordell am Oldenburger Hafen."

Der Mann trank einen Schluck Kaffee und nahm sich einen Keks, den er in kleine Stücke brach, bevor er ihn in den Mund schob.

„Diese Dame passt nicht in das Weltbild meiner Frau."

Der Mann holte tief Luft. „Sie sehen, ich habe ihre Fassade zum Einsturz gebracht und muss nun mit den Konsequenzen leben."

Der Mann erhob sich aus dem Sessel.

„Tut mir leid, ich habe die ganze Zeit nur über mich geredet, obwohl Sie nicht gekommen sind, um sich meine Privatangelegenheiten anzuhören. Also, wie wollen Sie es machen?"

„Eigentlich hatte ich gehofft, Sie schlafend anzutreffen", gab Jan unumwunden zu.

„Sie wollten mich im Schlaf erschießen? Wie schade, das war eine schöne Idee. Ich hätte nichts mitbekommen, und es wäre schnell vorbei gewesen."

Der Mann schaute hoffnungsvoll auf eine Kuckucksuhr an der Wand. „Wenn ich jetzt ins Bett gehen würde …?" Der Mann schüttelte resigniert den Kopf. „Ich glaube, das wird nichts. Seit ich damit rechne, dass jemand wie Sie eines Tages kommen wird, schlafe ich sehr schlecht."

Der Mann schaute sich um.

„Wie wäre es, wenn Sie mich hier erschießen?"

„Kann ich machen", sagte Jan, wunderte sich über die Hilfsbereitschaft seines Opfers und zog den Revolver hervor.

Der Mann schaute Jans Revolver mit großen Augen an.

„Mit diesem Ding da? Der macht doch sicher große Löcher, oder?" Besorgt betrachtete er die bunt geblümten Kissen auf dem Sofa. „Sind Sie sicher, dass die Kugeln in meinem Körper bleiben und kein Blut hier herumspritzen wird? Nicht auszudenken, wenn meine Frau nach Hause kommt und mein Blut wegwischen muss, das Blut des Mannes, den sie hat umbringen lassen."

„Ich könnte Sie erdrosseln. Sie haben doch sicher ein stabiles Seil im Haus", schlug Jan vor.

Der Mann nickte erleichtert. „Daran habe ich auch schon gedacht, aber das ist doch wie Erhängen, nicht wahr? Wissen Sie, ich habe nicht viel Ahnung von all dem, aber ich glaube, auch beim Erdrosseln, kurz bevor man tot ist, dann scheidet der menschliche Organismus noch einmal gewisse Flüssigkeiten aus. Sie wissen schon …"

Der Mann hielt sich die Nase zu, als wäre es gerade passiert und erklärte: „Der Gestank, also nein, das wäre mir peinlich."

„Sie bekommen davon aber nichts mehr mit", wandte Jan ein, doch der Mann winkte ab.

„Haben Sie Schlaftabletten im Haus?", versuchte Jan einen weiteren Versuch.

„Nein, ich nehme nicht mal Kopfschmerztabletten."

Jan grübelte kurz über die Alternativen nach. Dann hatte er eine Idee.

„Machen Sie das Licht im Haus aus, wir unternehmen einen Ausflug!"

„Wohin? In den Wald? Wollen Sie mich im Wald erschießen?"

Der Mann ging in den Flur. „Warten Sie, dann ziehe ich mir alte Kleidung an."

Jan verdrehte die Augen und war erleichtert, als der Mann ihm zehn Minuten später tatsächlich zum Auto folgte.

❖❖❖

Kostolowski hatte den Wagen so umgeparkt, dass er Petersens Mercedes und das Haus gut im Blick hatte.

Sein Plan, den Mann im Haus vor Petersen umzubringen und dann die Polizei zu rufen, war fehlgeschlagen. Dann würde er jetzt die Polizei rufen, eine Beschreibung von Petersen durchgeben und behaupten, einen Schuss gehört zu haben. Er griff zum Handy, wollte gerade die 110 eingeben, als er das Handy wieder zuklappte und missmutig auf Petersen und den Mann schaute, die gerade zusammen das Haus verließen.

Kostolowski schüttelte den Kopf.

„Was hat der denn mit ihm vor?“, murmelte er vor sich hin. Er hatte keine Erklärung für Petersens Verhalten. Eigentlich müsste der andere Mann längst tot sein. Wollten Sie noch zusammen etwas essen gehen und reden, um sich besser kennenzulernen? Seit dem ersten Auftrag hatte dieser Petersen eine merkwürdige Art gehabt, sich seiner Opfer zu entledigen.

Ihm schien nichts übrig zu bleiben, als Petersen im Wagen zu folgen.

❖❖❖

„Eines müssen Sie mir versprechen: Ertränken Sie mich nicht in der Hunte. Da sind schon andere drauf gekommen, das ist mir zu gewöhnlich.“

Jan antwortete nicht, fuhr nach Oldenburg zurück, schaltete das Autoradio an und brachte den Mann damit endlich zum Schweigen.

Er hielt direkt vor der ‚Boje‘ am Hafen. Der Mann schaute ihn mit offenem Mund an.

„Gehen Sie zu der Frau, die Sie lieben. Sie wird in ihrer Position schon Mittel und Wege finden, Sie für eine Weile untertauchen zu lassen.“

Der Mann schaute ihn an, als hätte Jan in einer fremden Sprache gesprochen.

„Nun hauen Sie schon ab, bevor ich es mir anders überlege.“

Der Mann öffnete zögernd die Beifahrertür.

„Warum bin ich nicht selbst darauf gekommen?“, schimpfte der Mann mit sich.

„Nun raus hier!“, drängte ihn Jan.

Der Mann stieg endlich aus und schloss die Wagentür. Jan schaute in den Rückspiegel. Der Mann stand unschlüssig vor der ‚Boje‘, schaute in seine Richtung. Dann verschwand er endgültig im Inneren des Bordells.

❖❖❖

„Der lässt ihn gehen!“, rief Kostolowski wütend.

Dieser Petersen machte, was er wollte. Kostolowski mochte es nicht, wenn er auf Menschen stieß, deren Handeln nicht vorhersehbar war.

Er würde Petersen noch zur Strecke bringen, doch für heute musste er wohl oder übel die Segel streichen.

❖❖❖

Jan hatte den Fall nach seinem Gefühl zum Abschluss gebracht und war davon überzeugt, dass er das Richtige getan hatte.

Jan hatte auf eine Frau schießen müssen, aus welchen Gründen auch immer. Er hatte eine Schriftstellerin umbringen sollen, musste zusehen, wie sich ein altes Ehepaar vor seinen Augen gegenseitig tötete. Das war doch alles reichlich verrückt gewesen.

Jetzt galt es, Rosi zu helfen, wie er es versprochen hatte. Dann wollte er endlich die Zelte hier abbrechen und mit all dem nichts mehr zu tun haben. Das war nicht sein Leben. Einzig Torsten hatte aus den Ereignissen der letzten Tage einen Nutzen für sein Buch ziehen können. Er gönnte es ihm, dennoch spürte er, dass er sich nach seinem alten, trostlosen Leben zurücksehnte. Er war kein Draufgänger, kein wirklicher Auftragskiller.

Jan fuhr den Wagen in die Garage. Dann ging er ins Haus und staunte nicht schlecht, als er unten im Flur auf Rosi traf. Sie wollte gerade zur Treppe, als sie sich umdrehte und Jan anschaute.

„Wie kommst du hier rein? Hat dir Torsten oder Ashley aufgemacht?“

Rosi schüttelte den Kopf. „Ich habe einen Schlüssel für das Haus."

„Was?"

„Komm, lass uns nach oben in die Küche gehen. Ich denke, wir sollten reden."

❖❖❖

Rosi hatte Tee gekocht und jedem ein Stück Käsekuchen auf den Teller gelegt.

„Kommst du gerade wieder von einem deiner Aufträge?", fragte sie. „Hast du jemanden umgebracht?"

Jan schaute sie an. Er wunderte sich nicht, dass sie plötzlich von seinen Aufträgen wusste. Allerdings interessierte es ihn, weshalb Rosi einen Haustürschlüssel besaß.

Rosi grinste und legte ihre Hände auf seine. „Ich sollte wohl besser von vorn anfangen", sagte sie und schob den Kuchen zur Seite.

Sie zog ein Foto aus der Tasche und reichte es Jan.

Jan nahm es und betrachtete es eingehend. Es war ein Hochzeitsfoto, auf dem Rosi in jungen Jahren zu sehen war. Damals war sie etwas schlanker. Zärtlich schmiegte sie sich an einen Mann. Sie saßen zusammen auf einer Bank in irgendeinem Park.

„Hast du diesen Mann schon einmal gesehen?", fragte sie.

Jan versuchte, sich den Mann älter vorzustellen. Dann kam ihm die Erleuchtung.

„Das ist der Mann, der mich vor ein paar Tagen aufgesucht hat. Er hat behauptet, ein Freund und Geschäftspartner meines Vaters gewesen zu sein."

„Das ist Kostolowski, mein Exmann!"

Jan verschlug es fast die Sprache. Er dachte einen Augenblick nach, dann grinste er hämisch.

„Du, dein Mann und mein Vater müssen ja ein prima Trio abgegeben haben. Hast du für deinen Exmann auch Leute umlegen müssen wie mein Vater?"

„Was? Ich verstehe kein Wort!"

„Nun tu nicht so, als wüsstest du von nichts. Kostolowski hat meinem Vater die Spielschulden erlassen und im Gegenzug durfte mein Vater ein paar Leute für ihn umlegen."

„Dein Vater ein Auftragskiller? Das glaubst du doch selber nicht."

„Aber klar. Mit den letzten unerledigten Aufträgen meines Vaters hat mich Kostolowski mit in die Sache gezogen."

„So also", murmelte Rosi grübelnd. „Er hat dir gedroht, dich umlegen zu lassen, wenn du dich weigerst."

„Genau!"

„Dabei hat Kostolowski keine Schläger – er arbeitet auf eigene Rechnung. Er hat deinen Vater nie beauftragt, jemanden umzubringen."

„Was soll das heißen? Bin ich auf einen Trick reingefallen? Und wenn ja, warum dann das ganze Theater?"

„Wenn du dich beruhigst, dann kann ich dir die Sache erklären."

„Da bin ich aber mal gespannt."

Jan war sauer und enttäuscht. Er konnte immer noch nicht glauben, dass Rosi von der ganzen Sache wusste, wenn auch nicht in allen Einzelheiten.

Rosi trank einen Schluck von ihrem lauwarmen Tee. „Es war so ...", begann sie. „Dein Vater und ich, wir haben uns vor ein paar Jahren kennengelernt. Daraufhin habe ich mich von Kostolowski getrennt. Es war ein harter Kampf, das kannst du mir glauben. Mein Ex hat noch nie irgendetwas freiwillig abgegeben. Dein Vater hat dieses Haus für uns gekauft. Er hat eine Hypothek aufgenommen. Irgendwann ist er mit den Raten in Verzug gekommen. Als Angestellter im Kaufhaus hat er nicht gerade ein Vermögen verdient. Durch einen dummen Zufall sind sich mein Ex und dein Vater zum ersten Mal in einer Bar über den Weg gelaufen. Dein Vater hatte etwas zu viel getrunken und ihm in diesem Zustand von seiner finanziellen Lage erzählt. Dabei muss er auch mich erwähnt haben. Kostolowski hat gleich geschaltet und seine Chance gesehen, sich an mir zu rächen. Kostolowski hat deinem Vater ohne mein Wissen Geld angeboten und er hat es genommen. Mein Ex hat hohe Zinsen gefordert, das kannst du mir glauben.

Als ich dahinterkam, habe ich die Schulden deines Vaters an Kostolowski zurückgezahlt, dabei das ‚Bierfass' bei ihm beliehen, bis es ihm dann endlich gehörte. Als dein Vater starb, war wenigstens sein Haus schuldenfrei und ich wieder von meinem Exmann abhängig. Nenn mich eine Eselin, wenn du willst, aber so war es."

Rosi nahm eine Gabel und steckte sich ein großes Stück Käsekuchen in den Mund.

„Und wie ging es weiter?", fragte Jan.

„Irgendwann rief er bei mir an und erzählte mir, dass du aufgetaucht bist. Er fand heraus, dass du das Haus geerbt hast, das Haus, das Kostolowski sich aus Rache ebenfalls unter den Nagel reißen wollte. Dann erzählte er mir von seinem Plan. Als du dann eines Abends so zielgerichtet zu Alfred gegangen bist, ahnte ich, wer das erste Opfer sein sollte und schickte Torsten hinter dir her."

„Er sollte auf mich aufpassen?"

„Ja, genau. Ich wollte nicht, dass dir etwas passiert. Von den anderen Aufträgen wusste ich erst nichts, ich musste Torsten ganz schön bearbeiten, bis er endlich geredet hatte. Er musste mir versprechen, nicht von deiner Seite zu weichen."

„Jetzt verstehe ich das alles", sagte Jan.

Rosi nickte. „Er sollte verhindern, dass du wirklich einen Mord begehst."

„Darum das Hupsignal am Woltsee, der Stoß in den Busch und der leere Revolver!"

Jan schaute nachdenklich vor sich hin. „Heute Abend hätte es aber schiefgehen können."

„Stimmt, aber ich kann Torsten nicht böse sein. Er wollte halt wegen seines Buchs zu Recht etwas feiern. Man hat nie alles unter Kontrolle."

Jan trank vom Tee. „Dann lass mich noch einmal zusammenfassen. Kostolowski hat mir die Aufträge nur verschafft, weil er hoffte, dass ich jemanden umbringe?"

„Genau. Er wollte an das Haus kommen, das dein Vater für uns gekauft hatte. Mein Ex will sich einzig und allein dafür rächen, dass ich es gewagt habe, mich von ihm zu trennen. Er will mich zugrunde richten. Bei deinem Vater hat er es leider geschafft. Er ist an einem Herzinfarkt gestorben. Am Ende wurde ihm alles zu viel."

Jan wurde still.

Rosi schaute Jan an und zog die Hände weg. „Aber wie ich schon sagte, ich kann das Geld nicht annehmen. Jetzt, wo du alles weißt, hast du sowieso eine andere Verwendung dafür."

Sie stand auf und stellte ihren Becher auf die Küchenablage neben dem Herd. Dann hörte sie Jan sagen:

„Ich werde dir helfen, an meiner Entscheidung hat sich nichts geändert. Das einzige, was ich dir übelnehme, ist, dass du mich so lange im Dunklen gelassen hast."

„Du hast recht, ich war zu feige."

„Habe ich dir eigentlich schon erzählt, wie mein heutiger Auftrag zu Ende gegangen ist?"

Rosi drehte sich um, und Jan winkte sie zurück an den Tisch.

Jan zeigte auf seinen Kuchen, den er nicht angerührt hatte. „Ein Stück ist noch da, das könnten wir uns gern teilen."

Rosi setzte sich zu Jan und hörte ihm gespannt zu, als er mit seinem Bericht begann.

Am Ende sagte sie: „Siehst du, jeder sollte sein Leben so gestalten, wie er es für richtig hält!"

„Was glaubst du? Was wird morgen passieren?", fragte Jan.

„Ich weiß es nicht. Er wird das Geld nehmen, doch damit wird die Sache nicht erledigt sein."

„Dann müssen wir für ein Ende sorgen", antwortete Jan kühn.

„Nein, wir werden uns nicht die Hände an ihm schmutzig machen. Das ist er nicht wert."

„Na gut, wir werden sehen." Jan stand auf. „Ich bring dich nach Hause." Noch bevor sie die Haustür erreichten, stoppte Jan kurz.

„Sag mal, weiß Ashley von alldem?"

„Nein, sie kennt weder Kostolowski noch weiß sie etwas von dem, was ich dir erzählt habe. Sie ist ein gutes Mädchen, ich hielt es immer für besser, sie aus allem herauszuhalten."

Jan öffnete Rosi zufrieden die Haustür und ließ ihr den Vortritt.

❖❖❖

Torsten hatte sich nur eine Migränetablette aus dem Bad holen wollen, als er an der halb geschlossenen Küchentür stehen geblieben war.

Erst hatte er geglaubt, dass ihm sein Kopf einen Streich spielte, doch Rosis Stimme war deutlich zu hören gewesen. Er hatte sich gewundert, sie hier anzutreffen.

Es musste etwas Wichtiges gewesen sein, sonst hätte sie Jan nicht mitten in der Nacht aufgesucht.

Er hatte still auf seinem Lauschposten gestanden. Von seiner Position aus war es nicht schwer gewesen, dem Gespräch zu folgen. Was er da hörte, war unglaublich. Erst als Stühle geschoben wurden und sie aufstanden, war er ins Bad geflüchtet.

Jetzt stand er an der Treppe und schaute den beiden nach, wie sie das Haus verließen.

Kaum waren sie weg, rannte er zu Ashley ins Zimmer und rüttelte sie an der Schulter.

„Ashley, wach auf“, rief er leise, doch sie schlief tief und fest. „Wenn du nicht aufwachst, küsse ich dich“, versuchte er es mit einer anderen Taktik. Er hatte Glück.

„Igitt, wehe“, rief Ashley erschrocken auf und sprang aus dem Bett.

„So eklig bin ich nun auch nicht“, erklärte Torsten gekränkt.

„Tut mir leid, ich war noch nicht ganz wach. Was gibt es denn so Dringendes?“, wollte sie wissen.

„Ich habe gerade ein Gespräch zwischen Rosi und Jan belauscht.“

„Soll man so etwas machen?“

„Nein, normalerweise nicht, aber wenn ich dir gleich erkläre, worum es ging, wirst du sehen, dass ich richtig gehandelt habe.“

Und damit begann Torsten, ihr das Gespräch wiederzugeben. Wort für Wort, so gut es ging.

Ashley gähnte ständig, hörte aber aufmerksam zu.

Als er fertig war, sagte er: „Willst du mir helfen?“

„Was für eine Frage, natürlich!“

Tom führte Ashley in die Stube.

„Wollen wir fernsehen, bis dir ein Plan eingefallen ist?“

„Quatsch, ich weiß längst, was zu tun ist.“

Torsten erklärte ihr seinen Plan, und nachdem er ihr alles bis ins kleinste Detail dargelegt hatte, begann sie mit ihrem Teil der Arbeit.

Als sie eine knappe Stunde später fertig waren, hörten sie Jan nach Hause kommen. Ashley und Torsten setzten sich aufs Sofa und schalteten den Fernseher ein. Sie lauschten auf Jans Schritte. Er blieb kurz vor der Stubentür stehen. Vielleicht überlegte er, ob er ihnen noch etwas Gesellschaft leisten sollte, doch dann schien er sich dagegen zu entscheiden und ging weiter. Erst, als sie seine Zimmertür ins Schloss fallen hörten, atmeten sie erleichtert auf.

Eine halbe Stunde warteten sie noch, dann gingen sie ebenfalls ins Bett.

❖❖❖

Torsten konnte nicht schlafen. Mit offenen Augen starrte er an die Decke und ging jeden Schritt seines Plans noch einmal im Geiste durch.

Er hatte das Gespräch zwischen Jan und Rosi belauscht und festgestellt, dass Rosi recht hatte. Jan würde ihr mit dem Geld helfen, aber Kostolowski würde nie Ruhe geben. Es wurde Zeit, dass ihn jemand stoppte. Außerdem wäre es ein schlechtes Ende für sein Buch. Der Leser würde es ihm nie verzeihen, wenn der Bösewicht einfach so davonkommen würde.

Zufrieden über sich und seinen Plan schlief Torsten endlich ein.

8.

Jan war früh aufgestanden. Er schlich leise ins Bad, wollte die beiden nicht wecken. Dann kniete er sich vor die Badewanne auf die kalten Fliesen und löste zwei Kacheln von der Badewannenverkleidung.

Er griff in den Hohlraum und holte einen Gefrierbeutel mit sechzigtausend Euro hervor.

Er wollte das Geld gerade in seiner Tasche verstauen, als er einen heftigen Schmerz am Hinterkopf spürte. Er war so heftig, als würde sein Schädel mit einem Vorschlaghammer bearbeitet.

Jan wollte sich umdrehen, um seinen Angreifer abzuwehren, doch da wurde es schon schwarz um ihn. Er sah kleine weiße Lichtpunkte vor seinen Augen herumschwirren, dann fiel er in Ohnmacht.

❖❖❖

Rosi stand im ‚Bierfass' und schaute auf die Uhr. Es war 14 Uhr. In einer Stunde würde Jan mit dem Geld kommen und es Kostolowski geben.

Rosi hatte Jan letzte Nacht nicht davon überzeugen können, dass sein Vorhaben sinnlose Geldverschwendung sein würde.

Rosi lächelte still vor sich hin.

Es war rührend, wie Jan sich für sie einsetzte, rührend und ein klein bisschen naiv.

Jan kannte Kostolowski nicht so gut wie sie. Er war ein Mann voller Hass, dem niemand etwas entgegenzusetzen hatte.

Sie war es leid, und müde, sich weiterhin gegen ihn aufzulehnen. Am Ende drohte doch nur die Niederlage.

Rosi ging in die Küche, leerte den restlichen Kaffee aus der Kanne in einen Becher, spülte die Kanne aus und verpackte sie mitsamt der Maschine in einem offenen Karton. Dann setzte sie sich an den Küchentisch und schrieb mit einem schwarzen Stift ein Schild.

„Trinken bis zum Schluss! Wir bezahlen die Getränke – Sie die Arztrechnung!"

Die Idee war ihr in der Nacht gekommen. Heute Abend wollte sie entgegen ihrem anfänglichen Plan das ‚Bierfass' doch noch einmal aufmachen. Es würde nichts mehr zu essen geben, doch jeder ihrer Gäste durfte heute Abend trinken, was er wollte, auf ihre Rechnung.

Rosi öffnete die Tür zum Gewölbekeller neben der Küche und ging die Treppe hinunter.

Aus den Weinregalen zog sie die letzten Flaschen heraus und legte sie in einen Korb. Sie hatte nicht vor, irgendetwas übrig zu lassen.

Als sie schwer bepackt nach oben kam, ging die Kneipentür auf.

Rosi stellte den Korb hinter der Theke ab und schaute auf. Kostolowski betrat das ‚Bierfass'.

„Du bist zu früh. Kannst es wohl vor Geldgier kaum aushalten?"

Ungerührt kam er zur Theke. Nur der Tresen trennte sie voneinander.

„Die Rosi, immer einen lustigen Spruch auf den Lippen."

Kostolowski schaute zur Küche hinüber.

„Wir sind noch alleine, wenn es dich beunruhigt", sagte Rosi.

Kostolowski nahm den Zettel, den Rosi geschrieben hatte von der Theke. „Trinken bis zum Schluss", murmelte er. „Du hättest besser schreiben sollen: Alles muss raus! Dann hättest du nur noch deinen Namen druntersetzen müssen", grinste er.

„Du warst noch nie sehr einfallsreich", konterte Rosi.

Kostolowski schaute über die halbleeren Regale hinter der Theke.

„Willst du mir nicht was anbieten?"

„Aber gerne doch." Rosi drehte sich um, zog eine Whiskyflasche aus dem Karton, hob den Arm und zielte auf seinen Kopf.

Kostolowski packte Rosis Handgelenk und verdrehte ihren Arm, bis sie die Flasche fallen lassen musste.

Er sah der Flasche nach, die über die Theke rollte und mit einem dumpfen Knall auf dem Boden landete.

Kostolowskis Gesicht verfinsterte sich. Er trat einen Schritt vom Tresen zurück, zog einen Revolver unter seinem Mantel hervor und richtete ihn auf sie.

„Du hattest deinen Spaß", sagte er und winkte sie mit der Waffe hinter der Theke hervor. Rosi sah in seine Augen. Sie wirkten kalt und leer. So hatte sie ihn noch nie gesehen. Sie ahnte, dass er zu allem fähig war.

Kostolowski setzte sich auf Torstens Platz. Rosi musste sich ihm gegenüber setzen. Er schaute zur Tür, dann zu Rosi. Rechnete er damit, dass sie sich aus dem Staub machte?

„Versuch nicht, die Heldin zu spielen. Diese Rolle steht dir nicht", flüsterte er ihr zu. „Dein Freund und Helfer hat noch zehn Minuten, so lange wirst du es mit mir aushalten müssen."

Ja leider, dachte Rosi.

Sie saßen eine Weile stumm da, sie hätten sich nichts zu sagen. Ab und an schaute Rosi auf die Uhr. Die Zeit schien zu rasen. Als es Viertel nach drei war, wurde sie unruhig. Warum kam Jan nicht? Hatte er es sich anders überlegt? Sie würde es ihm nicht übel nehmen. Immerhin war das hier nicht seine Angelegenheit.

Kostolowski schaute Rosi überlegen an.

„Habe ich es dir nicht immer gesagt? Am Ende ist man immer alleine!"

„Spar dir deine dummen Sprüche." Sie hatte sein fieses Grinsen und die Scheinheiligkeit satt.

„Ich werde dir einen Gefallen tun. Ich werde dich von mir befreien!"

„Willst du dich umbringen?", grinste Rosi gelassen.

„Steh auf!" Er schien keinen Spaß zu verstehen. Wütend packte er sie am Arm und schob sie zur Kellertür.

„Da rein! Dort unten ist es schön kühl. Ich hoffe, du wirst keinen Schnupfen bekommen. Solltest du zu frieren beginnen, kannst du in zehn Minuten hochkommen und die Tür öffnen."

„Was hast du vor?", fragte Rosi erschrocken.

„Ich heize den Laden mal richtig ein. Du weißt doch, wie ungeduldig Investoren werden können, wenn sie zu lange auf die Umsetzung ihrer Projekte warten müssen. Wer weiß, wenn du dich vor Jahren nicht gegen mich entschieden hättest, hätte ich dich vielleicht zur Managerin meiner neuen Wellness-Oase ernannt."

„Mit mir kannst du machen, was du willst, aber versprich mir, dass du Jan nichts antun wirst!"

Kostolowski lachte laut auf. „Du weißt doch, wie das mit Versprechen so ist. Erinnerst du dich? In guten wie in schlechten Zeiten, bis dass der Tod euch scheidet? Na, wenigstens den letzten Teil des Versprechens halten wir gemeinsam ein."

Kostolowski schlug die Kellertür vor Rosis Nase zu, schloss die Tür ab und steckte den Schlüssel ein.

❖❖❖

Kostolowski brauchte nicht lange, um die brennbaren Flüssigkeiten, die er in der Küche gefunden hatte, auf den Tischen, der Theke und über den Kartons auszuschütten. Er nahm ein Streichholz zur Hand, zündete es an und warf es achtlos weg.

An der Tür drehte er sich noch einmal um und schaute auf die ersten Flammen, die sich langsam ausbreiteten und wie kleine, gierige Tiere vom Raum Besitz ergriffen.

Kostolowski verließ das ‚Bierfass' und ging zu seiner Limousine, die auf der anderen Straßenseite auf ihn wartete.

Er war überrascht, als er eine fremde Frau im Wagen sitzen sah.

„Wie sind Sie hier hereingekommen?", fragte er und schaute sie neugierig an.

Sie war gut gebaut, hatte langes rotes Haar und duftete nach Chanel No. 5. Sie lächelte ihn ruhig an und zeigte auf die geschlossene Tür. „Die Tür war offen."

„Ich sollte vorsichtiger sein", stellte er fest und bemerkte, dass sie aufs ‚Bierfass' schaute, hinter dessen Gardinen es merkwürdig zu flackern begann.

„Das sollten Sie allerdings", sagte sie. „Fahren wir?"

Die Frau schlug die Beine übereinander. Ihr schwarzer Minirock schob sich leicht nach oben und gab den Blick auf ihre wohlgeformten Beine frei. Kostolowski registrierte es mit Freuden.

„Wohin soll es denn gehen?", fragte er.

„In die Osterstraße 13", antwortete sie und reichte ihm einen Umschlag. Kostolowski nahm ihn entgegen.

„Ich habe aus zuverlässiger Quelle gehört, dass Sie gewisse Aufträge annehmen", sagte sie und beobachtete Kostolowski, wie er während der Fahrt ein Foto aus dem Umschlag zog.

„Das ist Jan Petersen, mein Exfreund. Er hat mich vor einem halben Jahr sitzen lassen. Das Ganze wäre nicht so tragisch gewesen, wenn ich dabei nicht in einem weißen Brautkleid in der Kirche gestanden hätte."

Kostolowski musste grinsen. So etwas Ähnliches hatte er selbst einmal durchgemacht. Er sagte nichts und wartete darauf, was die fremde Frau ihm noch zu sagen hatte.

„Es war nicht sehr schwer, seine Spur bis hierher zu verfolgen."

Kostolowski nickte und betrachtete sich das Foto genauer.

„Wer hat ihn an die Heizung gebunden?" Er schaute der Frau in die Augen und wusste die Antwort. „Was soll ich für Sie tun?"

„Ihn aus dem Weg räumen", gab sie kühl zur Antwort.

Sie fuhr sich durch ihr schulterlanges Haar und holte aus ihrer Handtasche einen Revolver, den er gut kannte.

„Es wäre nicht schlecht, ihn mit seiner eigenen Waffe zu erledigen", schlug sie vor. Kostolowski nahm die Waffe entgegen und steckte sie ein. Schweigend fuhr er weiter.

„Sagen Sie nicht, ich hätte mich in Ihnen getäuscht", sagte sie, um ihre Absicht zu unterstreichen. Sie wollte ihm das Bild aus den Händen nehmen, doch er zog sie rechtzeitig weg.

„Nein, warten Sie", sagte er und fuhr fort: „Warum haben Sie sich für so eine harte Bestrafung entschieden?"

Sie schaute ihn verunsichert an. „So eine Frage aus Ihrem Mund? Ich finde Erschießen sehr milde, angesichts der Tatsache, dass er mich und meine Familie so erniedrigt hat. Mann sollte ihn besser vierteilen, doch das würde ein bisschen zu viel Aufsehen erregen."

„Was ist Ihnen der Auftrag wert?"

Die Frau holte tief Luft. „Ich dachte schon, Sie fragen nie."

Die Frau steckte ihre Hand in den großzügigen Ausschnitt und holte ein Geldbündel hervor. „Fünfzehntausend Euro", sagte sie und reichte ihm die Scheine.

Kostolowski nickte zufrieden und ließ das Geld in der Jackentasche verschwinden. „Gut, das Geschäft steht!"

Die Frau lehnte sich entspannt in den Sitz zurück.

„Es wird mir eine Freude sein, Ihnen dabei zusehen zu dürfen."

❖❖❖

Torsten rannte auf das ‚Bierfass' zu. Je näher er kam, umso deutlicher nahm er den Geruch von verbranntem Holz wahr.

Während er per Handy die Feuerwehr verständigte, sah er aus dem Augenwinkel eine schwarze Limousine, die sich langsam Richtung Innenstadt fortbewegte.

Torsten hatte nicht damit gerechnet, dass Kostolowski Feuer legen würde. Rosi musste noch da drinnen sein. War der

Hass auf sie so groß, dass er sie für seine Pläne opferte? Es sah ganz danach aus.

Torsten rannte zum hinteren Teil des Gebäudes und schlug das Fenster der Abstellkammer ein, in der er noch vor ein paar Tagen geschlafen hatte. Dann kletterte er hinein. Hier schwebten nur dünne Rauchschwaden durch die Luft. Er durchsuchte alle Räume nach Rosi, rief ihren Namen, doch sie antwortete nicht.

In der Küche sah es verheerend aus. Die Gaststube stand in Flammen, das Holz ächzte unter der Hitze. Die halbe holzvertäfelte Decke war auf den Boden gestürzt.

Er griff nach einem herumliegenden Handtuch, machte es nass und hielt es sich vor das Gesicht.

Ihm wurde heiß. Seine Stirn und die Ohren fühlten sich an, als wären sie von der Sonne verbrannt.

Er hoffte, dass Rosi sich nicht in der Gaststube aufgehalten hatte. Er hätte nichts mehr für sie tun können.

War sie überhaupt noch in diesem Gebäude oder hatte Kostolowski sie mit seinem Wagen fortgeschafft?

Er wollte sich bereits auf den Rückzug begeben, als er ein schwaches Hämmern hörte.

Das Geräusch des Feuers machte es ihm nicht leicht, die Richtung ausfindig zu machen, aus der das Klopfen kam.

Dann fiel es ihm ein. Einen Raum hatte er noch nicht durchsucht. Torsten rannte zur Kellertür. Er wollte sie aufreißen, doch sie war verschlossen. An dieser Tür hatten sich die Flammen noch zurückgehalten. Zuerst wollte er sich gegen sie werfen, doch dann fiel ihm ein, dass sie sich nach außen öffnete.

Torsten rief nach Rosi. Sein Rufen wurde von zerspringenden Flaschen übertönt.

Torsten rannte zurück in die Küche. Er suchte ein Brecheisen, fand aber nur eine halb verrostete Rohrzange. Es nützte nichts, er musste es damit probieren. Er hatte nicht viel Zeit, um nach Alternativen zu suchen.

Er ging zurück und versuchte die Zange zwischen Tür und Rahmen in Höhe des Schlosses zu stemmen.

„Rosi, wenn du mich hörst, wirf dich mit aller Wucht gegen die Tür!“, schrie er und musste husten.

Beim ersten Versucht passierte nichts, doch dann bemerkte er eine spürbare Vibration an der Tür.

Rosi musste ihn tatsächlich gehört haben und folgte seinem Rat.

Nach ein paar Minuten gab das Türschloss nach und sprang auf.

Wie eine große Schneekugel kullerte Rosi auf Torsten zu und begrub ihn unter sich.

Rosi fing sich schnell und stand auf.

Torsten schnappte nach Luft, nicht nur wegen des Rauches, der ihnen allmählich die Sicht nahm.

Er zeigte zur Küche und beide rannten zur Abstellkammer, durch dessen zerbrochenes Fenster sie nach draußen gelangten.

Sie hörten die Sirenen der Feuerwehr.

„Wir können nicht auf sie warten“, stöhnte Torsten und schnappte gierig Luft wie ein Langstreckenläufer kurz nach dem Zieleinlauf.

Sie rannten um das Haus zur Straße. Rosi riskierte einen Blick zum Dach, durch das die ersten Flammen schossen. Bei diesem Anblick wusste sie: Es war nichts mehr zu retten.

❖❖❖

Als Kostolowski und die junge Frau das Haus betraten, ließ er ihr den Vortritt.

„Er ist oben im Bad“, sagte sie und ging über die Treppe nach oben.

„Ich weiß, wo das ist, ich kenne mich hier aus.“

„Um so besser“, antwortete sie gelassen.

Die Frau öffnete die Badezimmertür und schaute auf Jan, der einen Knebel im Mund hatte, wie ein Häufchen Elend auf dem Boden saß und an dem Seil zog, mit dem er an der Heizung festgebunden war.

„Gute Arbeit“, bestätigte Kostolowski der Frau anerkennend.

Die Frau zeigte ihm die Finger ihrer rechten Hand. „Schauen Sie nur, dabei sind mir zwei Fingernägel abgebrochen.“

Kostolowski bewunderte ihre perfekt manikürten Finger, verbeugte sich und hauchte ihr einen Kuss auf den Handrücken. „Welch eine Schande, allein dafür muss er mit dem Leben bezahlen."

Die Frau drehte sich erbost zu Jan um.

„Schau nicht so. Ich bin kein Geist, ich bin dein schlechtes Gewissen, das dich zugrunde richten wird", fauchte sie ihn wie eine gereizte Raubkatze an.

Kostolowski zog sie sanft von der Tür weg und sagte: „Bevor wir uns um diese hässliche Angelegenheit kümmern, sollten wir uns noch etwas Angenehmeres gönnen."

Die Frau nickte und folgte Kostolowski in die Stube.

„Sie haben völlig recht. Erst das Vergnügen, dann die Arbeit."

Die Frau setzte sich in den Sessel, während Kostolowski zum Bücherregal ging und es per Knopfdruck nicht zum ersten Mal in eine Bar verwandelte.

„Was für eine praktische Konstruktion!", rief die Frau begeistert aus.

„Und was für eine Auswahl", fügte Kostolowski hinzu. „Was möchten Sie trinken?"

„Ich hätte gern einen Likör. Was hat die Bar denn zu bieten?"

„Himbeer-, Kirsch-, Schlehen- und Eierlikör."

„Ich nehme Kirschlikör", sagte sie.

Kostolowski nahm die Flasche aus der Bar, holte zwei Gläser und kam zum Tisch zurück. Er schenkte ihnen ein, lehnte sich in den Sessel zurück und prostete ihr zu.

„Auf gutes Gelingen!"

„Auf gutes Gelingen", stimmte sie ihm zu.

Kostolowski stellte sein leeres Glas zurück auf den Tisch. Er hatte beim letzten Schluck den Mund verzogen. *Sei es drum,* dachte er, holte den Revolver aus der Jackentasche und richtete die Mündung auf die junge Frau.

❖❖❖

Torsten und Rosi rannten an der Nadorster Straße entlang und hielten nach einem Taxi Ausschau.

Wenn man eines braucht, ist keins in Sicht, dachte Torsten. Doch dann erblickte er ein rotes Taxi.

Er trat todesmutig auf die Straße und winkte. Er sah den Fahrer hinter dem Lenkrad große Augen machen. Im letzten Augenblick erholte sich der Mann von seinem Schreck und trat auf die Bremse.

Torsten öffnete die Beifahrertür und schaute in das hochrote Gesicht eines erbosten Fahrers. „Verdammte Scheiße, wir sind hier nicht in einem Actionfilm. Oder haben Sie mich für Ihren Selbstmord ausgewählt?"

Torsten überhörte den scharfen Ton des Fahrers. „Können Sie uns so schnell wie möglich in die Osterstraße fahren?"

Der Fahrer schaute sich die rußverschmierte Frau neben dem Mann an. Sie schien zwar vernünftig zu sein, konnte aber auch die Mutter des Mannes hier sein, den sie gerade durch die Flucht über den Schornstein aus der Irrenanstalt befreit hatte.

„Ach, was soll's. Wenn Sie versprechen, nicht aus dem fahrenden Taxi zu springen?"

„Versprochen."

„Steigen Sie ein", forderte der Fahrer Torsten und Rosi auf und raste in Richtung Innenstadt davon.

❖❖❖

„Halten Sie den Revolver nicht in die falsche Richtung?"

„Nein", antwortete Kostolowski.

„Ich habe gerade über eine kleine Änderung Ihres Plans nachgedacht. Verstehen Sie mich nicht falsch. Ich werde Ihren Auftrag selbstverständlich ausführen. Aber wäre es nicht besser, wenn die Polizei nicht nur Ihren Exfreund, sondern auch Sie in diesem Haus tot auffinden würde? Ich arrangiere natürlich alles so, dass es nach einem Eifersuchtsdrama aussieht. Außerdem mag ich keine Zeugen."

Die Frau schaute ihn schweigend an. Er war verunsichert, denn sie zeigte keine Spur von Angst.

Im Gegenteil, sie strahlte ihn mit einem gewinnenden Lächeln an und antwortete: „Auch ich habe gerade über eine kleine Planänderung nachgedacht. Nur im Gegensatz zu Ihnen habe ich meine längst in die Tat umgesetzt."

Kostolowski schaute sie verwirrt an. Er verstand kein Wort. „Was wollen Sie damit sagen?“

Sie antwortete nicht, zeigte nur auf die halbleere Flasche, die vor ihnen stand.

„Was ist mit der Flasche?“, wollte er wissen und spürte gleichzeitig ein Kratzen im Hals, als würde er eine starke Erkältung bekommen.

„Nun, das Etikett ist nicht ganz korrekt. Es ist eine neue Sorte Kirschlikör.“

„Was sagen Sie da?“

Kostolowski holte tief Luft, doch irgendetwas schien seine Luftröhre zu blockieren.

„Gut, ich will mich kurzfassen, bevor ich mit mir alleine reden muss.“

Die Frau stand auf und reichte ihm die Flasche, die er nicht nahm.

„Es handelt sich um Kirschlikör mit Vanille. Soweit ich weiß, sind Sie dagegen allergisch.“

„Woher ...?“

Die Stimme versagte ihm. Er sackte seitlich im Sessel zusammen und griff sich an den Hals, als wolle er sich selbst erwürgen.

Die Frau stellte die Flasche ab und beugte sich über Kostolowski. „Es tut mir leid, aber dieses Spiel haben Sie verloren.“

Als sie das Zimmer verließ, hörte sie ihn noch einmal kurz röcheln, dann war es still.

Die Frau ging ins Bad und kniete sich zu Jan auf den Boden. „Mein armer Schatz! Es tut mir so leid, aber es ging nicht anders.“ Sie befreite ihn von den Fesseln. Jan stand langsam auf, rieb sich die Handgelenke und tastete seinen Kopf ab.

„Hab ich dir schlimm wehgetan?“, fragte sie.

„Du warst das? Was ist mit Kostolowski?“, wollte Jan wissen.

„Ich bin keine Ärztin, aber wenn ich die Symptome richtig deute, ist er erstickt. Eine allergische Reaktion.“

Jan nickte und merke, dass ihm wieder schwindlig wurde. Er setzte sich zurück auf den Boden.

Kurz bevor er das Bewusstsein verlor, sagte er: „Weißt du eigentlich, dass dir rote Haare nicht stehen?“

„Ja, ich weiß", antwortete Ashley, dann ging sie nach unten und verständigte den Notarzt.

❖❖❖

Als der Taxifahrer in die Osterstraße einbog, sah er von Weiten zwei Krankenwagen vor der Hausnummer 13 stehen.

Hatte ihn sein Instinkt nicht getäuscht? Hatte er wirklich zwei Irre befördert, auf die schon die Ärzte warteten?

„Halten Sie hier!", riss Torsten den Fahrer aus seinen Gedanken. Rosi stieg mit Torsten aus, bezahlte den Fahrer und rannte zum Haus.

Besorgt schaute Rosi sich um. Sie erkannte Ashley nicht gleich. Mit ihrer sexy Kleidung und den rot gefärbten Haaren wirkte sie im ersten Moment wie eine Fremde.

Torsten stürmte auf Ashley zu.

„Gut, du lebst, dann hat es also geklappt?"

„Was denkst du denn. Natürlich!"

Sie schaute dem Krankenwagen hinterher, der gerade abfuhr.

„Für Kostolowski kam leider jede Hilfe zu spät", erklärte sie und fuhr fort: „Stell dir vor, er wollte mich doch tatsächlich umbringen!"

„Was ist mit Jan?", mischte sich Rosi ein.

Ashley zeigte auf den zweiten Krankenwagen.

„Er hat eine Kopfverletzung, die er überleben wird. Sie nehmen ihn zur Beobachtung mit ins Krankenhaus."

Ashley sah, wie die Sanitäter die Türen schlossen und hob die Hand in die Luft.

„Warten Sie, ich komme mit!", rief sie, drehte sich zu Torsten und Rosi um und versprach, sich so bald wie möglich bei ihnen zu melden.

Ashley verschwand im Krankenwagen.

Torsten wandte sich an Rosi.

„Hast du Lust, dir einen Trümmerhaufen anzusehen?"

„Es bleibt mir wohl nichts anderes übrig", sagte sie. „Außerdem haben wir der Polizei noch etwas zu berichten."

Torsten nickte.

„Also dann. Ich begleite dich!"

9.

Drei Tage später

Jan verließ am späten Nachmittag, drei Tage nach seiner Einlieferung, das Evangelische Krankenhaus, und machte sich zu Fuß auf den Weg in die Osterstraße.

Obwohl Torsten, Ashley und Rosi in den letzten Tagen ständig angerufen hatten, fanden sie jedoch nicht die Zeit, ihn abzuholen.

Jans Platzwunde am Kopf war gut verheilt, die Gehirnerschütterung nach zwei Tagen abgeklungen.

Bei Rosi sah es etwas düsterer aus.

Das ‚Bierfass' war bis auf die Grundmauern abgebrannt. Kostolowski war tot. Die kurzen polizeilichen Ermittlungen hatten ergeben, dass er an einer allergischen Überreaktion auf Vanille gestorben war – ein tragischer Unglücksfall.

Torsten hatte den Revolver noch am gleichen Tag verschwinden lassen. Die Hunte war lang und tief, er würde nicht mehr auftauchen.

Nach einer halben Stunde kam Jan in der Osterstraße an.

Er öffnete die Haustür und ging in den menschenleeren Flur.

Im Stillen hatte er gehofft, dass es wie in unzähligen Hollywoodfilmen sein würde, in denen Freunde den Heimkehrenden mit einer Überraschungsparty begrüßen.

Jan ging die Treppe hoch. Er wollte ins Bad, um sich den Krankenhausgeruch abzuwaschen.

Doch das Klingeln an der Tür hielt ihn davon ab.

Jan ging nach unten und öffnete die Tür. Den Mann, der vor ihm stand, hatte er noch nie gesehen.

Für eine Sekunde zuckte er zusammen, ging alles noch einmal von vorne los?

Bitte nicht noch ein angeblicher Freund meines Vaters, dachte er bei sich.

Der Mann brachte sein Anliegen vor. Er schien etwas aufgebracht zu sein und erklärte: „Hören Sie, ich bin Ihr Nachbar und ich weiß, dass Sie noch nicht lange hier wohnen. Aber das mit Ihrem Garten sollten Sie schleunigst ändern!"

„Was ist mit dem Garten?“

„Ihr Garten sieht aus wie ein Urwald, das ganze Unkraut wächst in meinen Garten. Ich kann es Ihnen gern zeigen.“

Jan wollte keinen Streit; er wusste, dass er sich seit seinem Einzug noch nie um den Garten gekümmert hatte.

Er folgte dem Mann.

Als Jan den Garten betrat, erklang ein ohrenbetäubendes Tröten. „Überraschung!“, riefen Ashley, Torsten und Rosi im Chor. Der Mann, der vorgab, sein Nachbar zu sein, war verschwunden.

Ashley kam auf Jan zu und gab ihm einen Kuss auf die Wange. „Jetzt weißt du, warum wir dich nicht abholen konnten.“

Jan schaute sich staunend um, er erkannte den Garten nicht wieder. Er sah frisch gepflanzte Blumenbeete. Der Rasen war gemäht und die Hecken beschnitten.

„Habt ihr das alles in den letzten zwei Tagen gemacht?“

„Klar“, rief Torsten, der am Grill stand und Fleisch und Würstchen wendete.

Rosi lief an einem langen Holztisch entlang und goss Getränke ein. „Nun komm und setz dich“, forderte sie ihn auf.

„Du hast das Krankenhausessen sicher satt“, mutmaßte Rosi und präsentierte einen reich gedeckten Tisch. Liebevoll fuhr sie über die Glasschüsseln und zählte alles auf. „Eiersalat, Nudelsalat, ein frischer Salat …“

„Nun hör schon auf“, unterbrach er sie. „Du hast dir viel zu viel Mühe gemacht.“ Jan lachte und setzte sich an den Tisch. Ashley setzte sich neben ihn. Rosi und Torsten setzten sich ihnen gegenüber.

Torsten grinste verlegen. „Ich habe dir da was hingelegt“, sagte er.

Jetzt sah Jan den Stapel Blätter, der neben seinem Teller lag.

„Das habe ich nur dir zu verdanken“, sagte er und beobachtete Jan dabei, wie er in dem Manuskript herumblätterte.

„Es ist bestimmt ganz spannend geworden. Doch wenn ich ehrlich bin, wünschte ich mir, so manches in den letzten Tagen wäre anders verlaufen.“

Torsten nickte verständnisvoll.

„Torsten sagt, ich habe das Talent zur Schauspielerin, so

wie ich die Sache mit Kostolowski durchgezogen habe“, mischte sich Ashley ein.

„Es war aber auch sehr gefährlich“, wandte Jan ein.

„Aber wir hatten doch Torstens Plan!“, verteidigte sich Ashley.

„Das beste war dein Outfit“, grinste Jan. „Sehr verführerisch“, stimmte Torsten zu.

„Hallo Leute, nun bekommt eure Hormone mal schnell in den Griff, sonst wird das Essen noch kalt. Ich habe mich nicht umsonst stundenlang in die Küche gestellt.“

„Hast recht“, beschwichtigte Jan sie und schaute Rosi an.

„Was hast du jetzt eigentlich vor?“, wollte er wissen.

„Ich werde mir eine kleine Sozialwohnung suchen und dann einen Job.“

„Aber nur so lange, bis mein Buch auf dem Markt ist. Dann werde ich dir von meinem Honorar deine Schulden abbezahlen und dann kannst du dir etwas Größeres leisten“, erklärte Torsten.

„Danke für das Angebot, aber lege dein Geld lieber an. Und außerdem hast du so viel nun auch nicht bei mir gegessen und getrunken.“

In ausgelassener Stimmung verbrachten sie den Nachmittag.

Gegen Abend räumten sie das Geschirr ab, stellten die Stühle zusammen und beschlossen, sich mit einem Glas Wein auf den Balkon zu setzen.

Jan erhob das Glas und schlug vor, dass es Zeit sei, endlich miteinander anzustoßen.

Dann stellte er das Glas ab und schaute in die Runde.

„Ich wollte noch etwas sagen.“

Alle schauten Jan an.

„Nun mach es nicht so spannend“, murmelte Torsten.

„Ich hatte in den letzten beiden Tagen viel Zeit, über so einiges nachzudenken“, begann Jan.

„Gestern hatte ich ein Gespräch mit dem Anwalt meines Vaters in Hamburg.“

Jan zeigte auf Torsten.

„Wenn du willst, kannst du die Räume nutzen, die über der

Garage liegen und leer sind. Mann könnte mit einem Umbau ein tolles Atelier zum Schreiben daraus machen. Was hältst du davon?"

Torsten lächelte ihn unsicher an.

„Meinst du das ernst?"

„Natürlich, sonst würde ich es nicht vorschlagen."

Rosi freute sich für Torsten und auch Ashley war begeistert.

Doch Jan hob die Hand.

„Es gibt da nur einen kleinen Haken", erklärte Jan.

Jan schaute Rosi an. Rosi erwiderte seinen herausfordernden Blick.

„Was schaust du mich dabei an?"

„Er müsste dich fragen, ob du einverstanden bist."

Rosi zeigte mit dem Finger auf sich. „Wieso muss er mich fragen?"

„Weil dir das Haus gehören wird. Es fehlt nur noch deine Unterschrift auf dem Überschreibungsformular. Mein Anwalt wird sich in den nächsten Tagen mit dir in Verbindung setzen."

Rosi begriff erst nicht, dann sagte sie: „Aber du kannst doch nicht … Ohne mich zu fragen …!"

„Doch, denn ich kann mit meinem Erbe machen, was ich will. Wenn ich ehrlich bin, war es nie mein Haus, sondern das Haus meines Vaters. Mein Vater hat es für euch beide gekauft. Ich denke, es ist richtig so."

Rosi fand keine Worte. Sie blickte gedankenversunken vor sich hin.

„Ich hatte die Sachen deines Vaters im Bunker, im Keller unter dem ‚Bierfass' in Kartons verstaut. Wollte sie dir geben, doch das Löschwasser der Feuerwehr hat alles zerstört", flüsterte sie, den Tränen nahe.

Jan winkte ab.

„Macht nichts. Es findet sich noch die Zeit, in der wir uns über meinen Vater unterhalten können."

„Oh, wie schön und wie traurig", rief Ashley, völlig im Augenblick gefangen.

Jetzt wandte sich Jan an Ashley.

„Für dich habe ich auch etwas vorgesehen."

„Was denn? Einen Modelvertrag?"
„Nein, aber ich dachte, du könntest mich begleiten."
„Wohin?"
„Nach Hamburg. Wir könnten dort eine Weile miteinander verbringen. Ich könnte dir zeigen, wo ich wohne."
„Ich war noch nie in Hamburg!"
„Dachte ich mir", grinste Jan.
„Wann soll es denn losgehen?"
„Ist dir in einer Stunde zu früh?"
Ashley schaute ihn mit einem breiten Lächeln an und sagte nichts. Sie stand auf und flüsterte ihm ins Ohr. „In einer Stunde passt mir gut."

Die vier standen vorm Haus und verabschiedeten sich voneinander.

Ashley versprach Rosi und Torsten, ihnen ganz viele Karten zu schreiben. Jan stieg ins Auto und kurbelte das Fenster auf seiner Seite runter. Ashley hatte neben ihm Platz genommen.

„Jetzt musst du dich wieder alleine um Torsten kümmern", erklärte Jan mit gespieltem ernsten Gesichtsausdruck.

Rosi beugte sich zum Autofenster herunter und schüttelte den Kopf.

„Ich denke, das ist schon lange nicht mehr nötig."

„Dann kann ja nichts mehr schiefgehen. Ach, übrigens, lasst bitte keinen fremden Mann mehr ins Haus, der behauptet, ein Freund meines Vaters zu sein!"

„Wird gemacht", versprachen Torsten und Rosi lachend.

Dann stellten sie sich auf die Straße und winkten Jans orangen Mercedes nach, bis er hinter der nächsten Kurve verschwunden war.

ENDE

Weitere Veröffentlichungen

von Karsten Rauchfuß

Verdammte Sehnsucht

[OLDENBURGER KURZKRIMIS]

Grünkohl, Schnaps... und tot

[OLDENBURGER KURZKRIMIS]

Mord hinterm Gartenzaun

[OLDENBURGER KURZKRIMIS]